Le Petit Prince

어린 왕자

앙투안 드 생텍쥐페리 **지음**

아이위즈

어린 왕자

ANTOINE DE SAINT-EXUPÉRY

작가가 직접 그린 원작 삽화 수록

어린 왕자

초판 1쇄 펴냄 2016년 6월 1일
펴낸이 김대현
펴낸곳 아이위즈북
지은이 앙투안 드 생텍쥐페리
옮긴이 서나연
등록 1991년 2월 22일 제2-1134호
주소 서울시 마포구 양화로 78, 서교빌딩 601호
전화 02) 2268-6042
팩스 02) 2268-9422
홈페이지 www.iwizbooks.com
ISBN 979-11-86316-04-7

Antoine de Saint-Exupéry
Original title: Le Petit Prince
Original title of the book in Spanish: El Principito – Augmented Reality
© Copyright 2015 ParramonPaidotribo – World Rights
All rights reserved

Korean Translation Copyright ⓒ 2016 by ATHENA PUBLISHING INC.(IWIZBOOKS.CO.)
Korean Translation Rights arranged with EDITORIAL PAIDOTRIBO, S.L. through EYA(Eric Yang Agency).

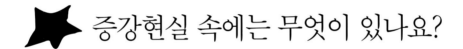 증강현실 속으로

어떻게 들어가나요?

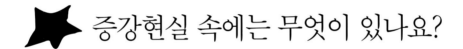 증강현실 속에는 무엇이 있나요?

어린 왕자

AR (증강현실) 기술로

책 속에 숨어 있는 보물들을 찾아볼까요?

무료 애플리케이션을
다운로드하세요.

1 www.books2ar.net/epc/kr에서 무료 증강현실 애플리케이션을
다운로드하세요. 아래 QR코드를 이용해도 좋아요.

ANDROID APP ON
Google play

Download on the
App Store

페이지를
찍어보세요.

2 애플리케이션을 실행시킨 다음 아이콘이 있는 페이지를 찍어보세요.

화면에 아래와 같은 아이콘이 보이면 직접 참여할 수 있어요.

이 아이콘이나 화살표를
클릭하면 실행하는 곳을
알 수 있어요.

이 아이콘이나 화살표를
클릭하면 드래그하는 곳을
알 수 있어요.

클릭해서 게임을
시작해보세요.

신나게 즐겨요.

3 페이지가 살아나는 듯한 장면을 즐겨 보세요.
책에는 없는 그림들을 찾아보세요.

AR 내용:

음악

게임

아름답고 환상적인 증강현실

그 밖에도 재미있고
유익한 내용이 가득해요.

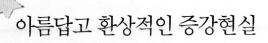 Augmented
Reality

이 책을 읽으려면 왜 꼭 태블릿이나 스마트폰이 필요한가요?

- 태블릿이나 스마트폰으로 애플리케이션을 다운로드 받으면 증강현실에 접속할 수 있기 때문이에요. 책 속에 있는 모든 음악과 소리, 게임, 가상그림들도 만날 수 있죠.

어디에서 애플리케이션을 다운로드 받나요?

- 설명 페이지에 애플리케이션을 다운로드 받을 수 있는 곳이 안내되어 있어요. QR코드를 인식해 바로 애플리케이션이 있는 페이지로 이동할 수도 있죠. 구글 플레이나 애플 앱스토어에 'TINY PRINCE AR' 이라고 직접 입력해 찾으셔도 되고요.

가상 콘텐츠를 어떻게 볼 수 있나요?

- 애플리케이션을 다운로드 받으면 태블릿이나 스마트폰의 카메라 기능이 자동으로 켜져요. 책 페이지에 초점을 맞추면 음악과 소리, 그림들이 나오죠. 일단 증강현실이 작동되면 계속 책에 초점을 맞추지 않아도 된답니다. 기기를 적당히 움직여 가면 모든 장면을 다 볼 수 있어요.

증강현실(AR)이란 무엇인가요?

- 증강현실은 태블릿이나 스마트폰을 이용해 책 페이지에 음악, 소리, 또는 그림을 더해 상호작용할 수 있도록 하는 기술입니다.

책 속 등장인물과 사진을 찍으려면 어떻게 해야 하나요?

- 먼저 페이지가 위로 가게 책을 바닥에 놓아요. 애플리케이션에 접속한 후 최대 50cm 거리에서 태블릿이나 스마트폰으로 초점을 맞춰요. 곧 인물이 나오면 등장인물과 아이가 스크린 안에 들어갈 때까지 멀리 떨어진 후 스크린 왼쪽 옆에 있는 카메라 버튼을 손가락으로 눌러줘요. 그러면 사진으로 찍혀서 이미지가 나타난답니다.

모든 페이지마다 증강현실이 있나요?

- 그렇지 않아요. 장미 아이콘이 있는 페이지에만 증강현실이 있어요.

애플리케이션 다운로드가 안 돼요.

- 쓰고 계신 태블릿이나 스마트폰이 호환이 되지 않는 기기일 경우, 앱 접속이나 다운로드가 안 되는 경우가 있어요. 일부 안드로이드 기기에서 나타나는 문제예요.

- 이러한 문제가 발생하면 다른 기기로 다시 한 번 시도해주세요.

사용 가능한 기기 사양

- 애플 : 아이폰4 이상, 아이패드2 이상

- 안드로이드 : 4.2버전 이상

기본메뉴로
돌아가기

사진 찍기

상호작용

초점 맞추기
도움말

어린왕자를
움직일 수 있다는
표시예요.

어린왕자를
움직이기 위한
방향키예요.

제한시간이
다 되기 전에
장미꽃을 행성 밖으로
드래그해주세요.

게임이 끝나면
재시작 버튼이 나타나요.

레옹 베르트에게

이 책을 어른에게 바치는 것을 너그럽게 보아주기를 바랍니다.
나도 중요한 이유가 있습니다. 내게는 그 어른이 세상에서
가장 좋은 친구이기 때문입니다. 또 다른 이유도 있습니다.
그 어른은 모든 것을, 심지어 어린이들을 위한 책마저 이해하기 때문입니다.
세 번째 이유도 있습니다. 그 어른은 프랑스에서 굶주리고
추위에 떨며 살고 있습니다. 기운을 북돋아 줄 필요가 있답니다.
이 모든 이유들로도 모자란다면, 나는 이 책을 어른으로 자란
어린 시절의 그에게 바치겠습니다. 어른들도 모두 한때는 어린이였습니다.
(비록 그걸 기억하는 어른은 몇 명밖에 없지만요.)
그래서 내 헌사를 이렇게 고치기로 하겠습니다.

어린 소년이었던 시절의
레옹 베르트에게

I

내가 여섯 살이었을 때, 『체험담』이라는 원시림에 관한 책에서 인상 깊은 그림을 보게 되었다. 그것은 동물을 꿀꺽 삼키려는 보아 뱀 그림이었다. 아래 그림이 그 보아 뱀 그림을 따라 그린 것이다.

책에는 이런 설명이 있었다. "보아 뱀은 먹이를 씹지 않고 통째로 삼킨다. 그런 다음에는 움직일 수가 없어서, 먹이를 소화시키는 데 걸리는 여섯 달 동안 꼬박 잠을 잔다."

그래서 나는 정글에서 벌어지는 진기한 일들에 대해 곰곰이 생각해보았다. 그리고는 색연필로 몇 번 연습을 해본 끝에 **내 첫 작품을 그리는 데 성공했다.** 나의 작품 1호는 이런 그림과 비슷했다.

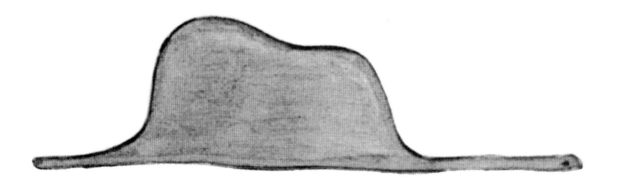

나는 어른들에게 내 걸작을 보여주며 무서운지 물어보았다. 하지만 어른들은 이렇게 대답했다. **"모자를 무서워하는 사람이 어디 있겠니?"** 내 작품은 모자 그림이 아니었다. 나는 코끼리를 삼킨보아 뱀을 그린 것이었다. 그런데 어른들이 그림을 이해하지 못하니, 다른 그림을 하나 더 그려보았다.나는 어른들이 똑똑히 알아볼 수 있도록 보아 뱀의 뱃속을 그렸다. 어른들에게는 항상 설명을 해줘야 된다. 내 작품 2호는 이런 그림이었다.

어른들은 이번에는 뱃속이든 거죽이든, 보아 뱀 그림은 그만 그리고, 그 대신 지리와 역사, 산수,문법을 열심히 공부하라고 조언을 해주었다. 그렇게 내 나이 여섯 살에 성공한 화가가 될 뻔한 기회를 포기하고 말았다. 나는 작품 1호와 2호의 실패에 낙담해있었다. 어른들은 뭐든지 스스로 이해하는 법이 없다. 더구나 매번 끝없이 설명을 해주는 일도 어린이들에겐 꽤나 성가시다. 그래서 나는 다른 직업을 갖기로 하고 비행기를 조종하는 법을 배웠다. 나는 세계 방방곡곡을 날아다녔다. 과연 지리는 나에게 아주 쓸모가 있었다. 나는 얼핏 보기만 해도 중국과 애리조나 주를 구분할 수 있다. 밤에 길이라도 잃는다면 그런 걸 알고 있는 게 도움이 된다.

살아오는 동안 나는 중요한 일을 맡고 있는 사람들을 많이 만났다. 오랫동안 어른들 사이에서 살아온 나는 가까이에서 그들을 속속들이 지켜보았다. 그렇다고 어른들에 대한 내 평가가 썩 좋아질 것은 없었다. 조금이라도 똑똑하다 싶은 어른들을 만날 때마다 나는 항상 지니고 다니던 작품 1호를 보여주고 실험을 해보았다. 그렇게 해서 정말 이해력이 있는 사람인지 알아내려는 것이었다. 하지만 남녀를 가리지 않고 누구든지 항상 이렇게 말했다.

"그건 모자잖아."

그러면 나는 그 사람에게 보아 뱀이나 원시림, 혹은 별에 대해서는 절대로 이야기하지 않고, 나 자신을 그 사람 눈높이로 낮추었다. 내가 브리지 게임과 골프라든지 아니면 정치나 넥타이에 대해 말하면, 그 어른은 제법 양식 있는 사람을 만났다며 굉장히 만족스러워했다.

II

그래서 나는 터놓고 말할 사람도 없이 혼자서 살아오다가 6년 전, 사하라 사막
에서 비행기 사고를 당하고 말았다. 엔진에서 무언가가 고장이 나버렸다. 정비사든 승객이든 함께 있는
사람이 없었기 때문에 나 혼자서 어려운 수리를 해보려고 애썼다. 내게는 죽느냐 사느냐가 달려 있는 문
제였다. 마실 물은 겨우 일주일을 버틸 정도밖에 없었다.

첫날밤에는 사람이 사는 주거지역에서 천 마일이나 떨어진 모래밭에서 잠을 잤다. 나는 바다 한복판에
서 조난을 당해 구명보트에 타고 있는 선원보다 더 외따로 떨어진 처지였다. 그러니 해 뜰 무렵, 이상하
고 작은 목소리에 깨어났을 때 내가 얼마나 놀랐을지 상상할 수 있겠지. 목소리는 이렇게 말했다.

　　"부탁인데… 양 한 마리만 그려주세요!"

　　"뭐!"

　　"양 한 마리만 그려주세요…"

　　나는 완전히 기겁을 하여 벌떡 일어났다. 힘주어 눈을 비비고 주변을 주의 깊게 둘러보았다. 결코
예사롭지 않게 보이는 작은 아이가 자못 심각하게 나를 살피고 있었다. 여러분이 여기서 볼 그림은 내
가 나중에 그를 그린 초상화 중에 가장 잘 그린 것이다. 그렇지만 내 그림은 실제 모델의 매력에는 훨
씬 못 미친다.

　　그러나 그것은 나의 잘못이 아니다. 내가 여섯 살이었을 때 어른들이 한 번도 나에게 화가가 되라
고 격려해준 적이 없다 보니, 거죽만 보이는 보아 뱀과 뱃속까지 보이는 보아 뱀 말고는 어느 것도 그리
는 법을 배운 적이 없기 때문이다.

　　나는 깜짝 놀라서 갑자기 나타난 그를 눈이 빠져라 쳐다보았다. 기억하는가? 나는 주거
지역에서 천 마일이나 떨어진 사막에 추락했단 말이다. 그럼에도 이 어린아이는 모래
밭에서 길을 잃은 것 같지도, 피곤하거나 굶주린 것 같지도, 아니면 목이 마르거나
무서운 것 같지도 않았다.

사람이 사는 지역에서 천 마일이나 떨어진 사막 한가운데서 길을 잃은 어
린아이처럼 보이지 않았다. 마침내 말을 할 수 있게 되었을 때 나는 그 아

이에게 물었다.

　　"그런데… 여기서 뭐 하는 거니?"

그러자 아이는 대단히 중요한 이야기라도 한다는 듯 아주 천천히 같은 말을 되풀이했다.

　　"제발… 양 한 마리만 그려주세요…"

너무 수수께끼 같은 일에 휘말리다 보면 감히 거스를 수가 없어진다. 주거지역에서 천 마일이나 떨어져 죽을 지경에 놓인 나는 묘한 일이라 여기면서도, 주머니에서 종이 한 장과 만년필을 꺼냈다. 그러다 내가 지리와 역사, 산수와 문법에만 치중해 공부했다는 사실이 떠올라 그 꼬마 친구에게 (조금 뿌루퉁하게) 그림을 그릴 줄 모른다고 말했다. 그는 "그건 상관없어요. 양 한 마리만 그려줘요…"라고 대답했다. 하지만 나는 양을 그려본 적이 한 번도 없었다. 그래서 내가 자주 그리곤 했던 두 가지 그림 중 하나를 그려주었다. 보아 뱀의 거죽을 그린 것이었다. 그러자 그 꼬마 녀석이 그림을 보고 이렇게 나오는 바람에 깜짝 놀라고 말았다.

　　"아니, 아니, 아니에요! 보아 뱀 속에 들어있는 코끼리는 필요 없어요. 보아 뱀은 아주 위험한 짐승이고, 코끼리는 너무 크고 성가시다고요. 내가 사는 곳은 아주 작아요. 난 양이 필요해요. 양을 그려주세요."

그래서 나는 그림을 그렸다.

그림을 찬찬히 살펴본 그는

"아니에요. 이 양은 벌써 많이 아프잖아요. **다른 걸 그려주세요.**"

그래서 나는 다른 그림을 그렸다.

내 친구는 슬며시 너그러운 웃음을 지으며
말했다. "직접 보세요. **양이 아니잖아
요.** 이건 숫양이에요. 뿔이 달렸잖아요."
그래서 나는 다시 한 번 더 그림을 그렸다.
하지만 거절당하긴 마찬가지였다.

"이건 너무 나이가 많아요. 난 오래오래 살 양이 좋아요."

서둘러 엔진을 뜯어보아야 했던 나는 그쯤 되자 인내
심이 바닥나고 말았다. 그래서 대충 이런 그림을 그려
버리고,

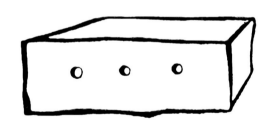

내뱉듯이 설명도 덧붙였다.

"이건 상자야. 네가 그려달라는 양은 이 안에 들어 있어."
그러자 꼬마 감정사의 얼굴빛이 밝아지는 바람에 나는 깜짝 놀랐다.

"이거야말로 내가 원했던 바로 그거예요! 이 양은 풀을 많이 먹여야 할까요?"

"왜?"

"제가 사는 곳은 너무 작아서…"

나는 이렇게 대답했다. "그 정도면 틀림없이 충분할 거야. 내가 그

려준 양도 아주 작거든."

그는 몸을 숙여 그림을 보았다.

"그렇게 작지는 않은걸요. 보세요! 잠들었어요…"

이렇게 나는
어린 왕자를
알게 되었다.

III

나는 오랜 시간이 지나서야 그가 어디에서 왔는지 알게 되었다. 나에게 수많은 질문을 했던 어린 왕자는 내가 하는 질문에는 전혀 귀를 기울이지 않는 것 같았다. 나는 모든 것을 그가 무심코 입 밖에 낸 말들을 통해 조금씩 알게 되었다.

예컨대 내 비행기를 처음 본 그는 (비행기는 내가 그리기에는 너무 복잡한 그림이라, 내 비행기는 그리지 않겠다) 내게 이렇게 물었다.

    "저 물건은 뭔가요?"

    "저건 그냥 물건이 아니야. 날아다니는 거야. 비행기라고. 저건 내 비행기야."

나는 그에게 내가 날 수 있다는 것을 알려주며 우쭐해졌다.

그때 그가 소리쳤다.

    "뭐라고요? 아저씨는 하늘에서 떨어진 거예요?"

    "그래." 내가 점잖게 대답했다.

"와! 재미있네요!"

그리고 어린 왕자가 크게 웃음을 터뜨리는 바람에 나는 기분이 몹시 언짢아졌다. 나는 다른 사람이 내가 당한 불행을 진지하게 여겨주기를 바라니까.

그는 또 이렇게 덧붙였다.

"그러니까 아저씨도 하늘에서 온 거네요! 아저씨는 어느 별에서 왔어요?"

그 순간 나는 그의 존재에 대한 풀리지 않는 수수께끼에 한 줄기 빛이 비치는 것 같다는 생각이 들어 불쑥 물어보았다.

"넌 다른 별에서 왔니?"

하지만 그는 대답을 하지 않고, 내 비행기에서 눈을 떼지 않은 채 고개를 가볍게 끄덕였다.

"정말이지 저걸 타고 그렇게 먼 데서 오지는 못했 겠네요…"

그는 한동안 생각에 잠겼다. 그리고 주머니에서 내가 그려준 양을 꺼내더니 보물이라도 되는 듯 골똘히 바라보았다.

그가 언뜻 흘린 "다른 별"에 대한 이야기가 내 호기심을 얼마나 불러일으켰을지는 여러분도 상상할 수 있으리라. 그래서 난 이 문제에 대해 더 알아내려고 열심히 애를 썼다.

"꼬마 친구, 넌 어디서 왔니? 네가 말하는 그 '내가 사는 곳'이 어디야? 양을 어디로 데려갈 거야?"

그는 잠자코 생각에 잠겨 있다가 이렇게 대답했다.

"아저씨가 준 상자는 밤에는 **집으로 쓸 수 있을 테니** 정말 잘 됐어요."

"그렇단다. 그리고 네가 착하게 굴면 낮 시간에 양을 묶어 놓을 수 있는 줄이랑, 줄을 매어둘 수 있는 기둥도 그려줄게."

그러나 어린 왕자는 이 제안을 듣고 깜짝 놀란 듯했다.

"양을 매어 둔다니! 그거 참 희한한 생각이네요!"

나는 이렇게 대답했다. "하지만 매어 놓지 않으면 다른 데로 가버려서, 길을 잃어버릴 텐데."

나의 친구는 다시 한 번 웃음을 터뜨렸다.

"하지만 양이 어디로 간단 말이에요?"

"어디든. 앞으로 쭉 가거나."

그러자 어린 왕자가 진지하게 말했다.

"그런 건 문제없어요. 내가 사는 곳은 아주 작다고요!"

그리고 조금 슬픈 듯이 덧붙였다.

"앞으로 쭉 가더라도 멀리 갈 수가 없어요…"

소행성 B-612호에 있는 어린 왕자

IV

그리하여 나는 무척 중요한 두 번째 사실을 알게 되었다. 어린 왕자는 겨우 집한 채보다 클락 말락 한 별에서 왔다는 사실이었다!

하지만 나는 그리 놀라지는 않았다. 지구나 목성, 화성, 금성처럼 우리가 이름을 붙여준 큰 행성들말고도 수백 개의 다른 행성들이 있고, 그중에는 망원경으로도 보기 힘들 정도의 작은 것들도 있다는 사실을 잘 알고 있었기 때문이다. 천문학자가 이런 행성들 중에서 하나를 발견하면 이름이 아니라 번호만붙여준다. 이를테면 "소행성 325호"라고 부르는 식이다.

난 어린 왕자가 B-612호로 알려진 소행성에서 왔다고 믿을만한 중요한 근거를 알고 있다.

이 소행성은 망원경으로 관측된 적이 딱 한 번 있다. 1909년에 터키의 천문학자가 본 것이었다.

그 천문학자는 국제 천문학회에서 자신의 발견에 대해 아주 잘 설명해 보였다. 하지만 그가 터키전통 의상을 입고 있었던 탓에 아무도 그의 말을 신뢰하지 않았다.

어른들이란 이런 식이라니까…

그러나 소행성 B-612호의 위상을 위해서 다행한일이 일어났다. 터키의 어느 독재자가 국민들이 유럽식 의상을 착용해야 하며 이를 어기면 사형에 처한다는 법을 만들었던 것이다. 그래서 1920년에 그천문학자는 근사하고 우아하게 차려입고 다시 한 번발표를 했다. 이번에는 모두가 그의 연구를 인정해주었다.

내가 그 소행성에 대해 이렇게 세세한 부분까지 이야기하며, 번호도 적어
두고 하는 것은 바로 어른들이 말하는 방식이다. 어른들에게 새 친구를 사귀
었다고 말하면, 어른들은 절대로 중요한 문제에 대해서는 묻는 법이 없다. 어른
들은 결코 "그 친구 목소리는 어때? 어떤 놀이를 제일 좋아하니? 나비를 수집하니?"라
고 묻지 않는다. 대신 이렇게 따져 묻는다. "몇 살이니? 형제는 몇 명이니? 몸무게는 얼마나 나가
지? 아버지는 얼마나 버신대?" 오직 이런 숫자들을 통해서만 그 친구에 대해서 알았다고 생각한다.
"장밋빛 벽돌로 지은 아름다운 집을 봤어요. 창가에는 제라늄이 피어있고, 지붕에는 비둘기들이 있더라
고요." 이렇게 말하면 어른들은 그 집에 대해서 어떤 생각도 떠올리지 못한다. "10만 프랑짜리 집을 한 채
보았어요." 어른들에게는 이렇게 말해야 한다. 그러면 "오, 정말 멋진 집이겠구나!"라며 탄성을 지를 것이다.
마찬가지로 어른들에게 이렇게 말할 수도 있겠다. "어린 왕자가 있었다는 증거는요. 그가 아주 귀여웠고, 웃
기도 했으며 양을 찾고 있었다는 거예요. 누구든 양을 갖고 싶어 한다는 것은 그 사람이 존재한다는 거잖아
요." 이렇게 말해서 무슨 소용이 있겠는가? 어른들은 어깨를 으쓱하고는 여러분을 어린애처럼 대할 것
이다. 하지만 "소행성 B-612호에서 왔어요."라고 말하면, 비로소 수긍을 하며 더 이상 질
문을 퍼붓지 않고 여러분을 가만히 내버려 둘 것이다.
어른들은 그런 식이다. 하지만 그 때문에 어른들을 원망하지는 말아야 한다. 어린이들

은 언제나 어른들에게 참을성 있게 대해야 한다.

그러나 확실히 인생을 이해하는 우리에게 숫자는 아무래도 상관없다. 나는 이 이야기를 동화처럼 시작하고 싶었다. 이렇게 말하고 싶었던 거다. "옛날 옛날에 어린 왕자가 있었어요. 자기 몸집보다 조금 클락말락 한 별에 살았던 왕자는 친구가 한 명 필요했어요."

인생을 이해하는 사람들에게는 이렇게 하면 내 이야기에 훨씬 더 큰 진정성을 느낄 수 있었을 것이다. 누구든 내 책을 아무렇게나 읽기를 바라지 않으니까. 나는 이 추억들을 적어 내려가면서 너무 큰 슬픔으로 괴로워졌다. 내 친구가 양을 데리고 나를 떠난 지 벌써 6년이 지났다. 내가 여기서 그에 대해 묘사하는 것은, 내가 그를 잊지 않는다는 것을 분명히 하기 위해서다. 친구를 잊는다는 것은 슬픈 일이다. 누구나 친구가 있는 것은 아니다. 만일 내가 그를 잊는다면, 나는 오로지 숫자에만 관심이 있는 어른처럼 될지도 모른다.

바로 그런 이유에서 나는 물감 한 통과 연필 몇 자루를 샀다. 여섯 살에 보아 뱀의 뱃속과 보아 뱀의 거죽을 그려 본 것 외에는 한 번도 그림을 그려본 적이 없는 내가 이 나이에 다시 그림을 그리기는 어려운 일이다. 나는 물론 최대한 실물에 가깝게 초상화를 그리려고 애쓸 것이다. 그러나 성공하리라고 장담은 할 수 없다. 어떤 그림은 잘 그려지는데, 다른 그림은 실물과 전혀 닮지 않은 것이다. 어린 왕자의 키에 대해서도 실수를 해서, 어느 그림에서는 너무 크고 또 다른 그림에서는 너무 작다. 어린 왕자의 옷 색깔도 미심쩍다. 그래서 나는 서투르지만 최선을 다해서 잘하기도 하고, 못하기도 하다가 그럭저럭 평균보다는 조금 나아지기를 바란다.

중요한 부분을 그릴 때도 실수를 할지 모른다. 하지만 그건 내 잘못은 아니다. 내 친구가 나에게 아무것도 설명해주지 않았기 때문이다. 그는 아마도 내가 자기와 같다고 생각했나 보다. 그러나 애석하게도 나는 상자를 꿰뚫어 양을 볼 줄은 모른다. 나는 어른들과 조금 더 비슷한 것 같다. 나도 나이를 먹을 수밖에 없었으니까.

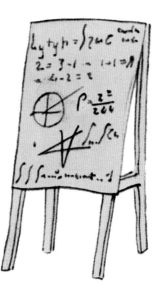

V

하루하루 지나면서 나는 이야기를 나누다가 어린 왕자가 살던 행성과 그곳에서 떠나온 일, 그리고 그가 한 여행에 대해 조금씩 알게 되었다. 그런 정보는 그의 생각에서 무심코 흘리는 것이기 때문에 아주 더디게 드러났다. 셋째 날, 내가 바오밥나무의 참사에 대해 들은 이야기도 그렇게 알게 된 것이었다.

이번에도 양의 덕을 한 번 더 보았다. 어린 왕자는 대단한 의혹에 사로잡힌 듯이 갑자기 나에게 질문을 했다.

　　"양이 작은 나무를 먹는다는 건 사실이죠? 그렇죠?"

　　"맞아, 사실이야."

　　"아! 잘 됐어요!"

양이 작은 나무를 먹는 것이 왜 그렇게 중요한 일인지 나는 알 수가 없었다. 하지만 어린 왕자는 이렇게 덧붙였다.

"그러면 바오밥나무도 먹겠네요?"

나는 바오밥나무는 작은 나무가 아니고, 오히려 성만큼이나 큰 나무라서 코끼리 떼를 데리고 와도 바오밥나무 한 그루를 다 먹지 못할 거라고 알려주었다.

어린 왕자는 코끼리 떼를 떠올리면서 웃음을 터뜨렸다.

"코끼리를 한 마리씩 쌓아올려야겠어요."

그는 이렇게 말하고는 영리하게 덧붙였다.

"그렇게 크기 전에, **바오밥나무도 작은 나무에서 자라기 시작하는 거잖아요.**"

내가 말했다. "엄밀히 보면 그렇지. 그런데 왜 양이 바오밥나무를 먹었으면 하는 거지?" "음, 있 잖아요, 있잖아." 그는 마치 뻔한 이야기를 한다는 듯이 단번에 대답했다. 나는 아무 도움도 받지 못하고 이 문제를 풀기 위해 머리를 쥐어짜야만 했다.

실은 내가 알아낸 바로는 어린 왕자가 살았던 행성에도 다른 행성들처럼 좋은 식물과 나쁜 식물이 있 었다. 그러므로 좋은 식물에서 나온 **좋은 씨앗**과 나쁜 식물에서 나온 나쁜 씨앗도 있었다. 하 지만 씨앗은 보이지 않는다. 씨앗들은 어느 하나가 깨어나려는 의지로 차오르기 전까지는 캄 캄한 땅 속에 깊이 잠들어 있다. 그러다 작은 씨앗은 기지개를 켜고 주뼛주뼛하며 작고 예쁜 어린 싹 하나를 해를 향해 눈에 띄지 않게 위로 밀어올리기 시작한다. 무나 장미나무에서 나 온 싹이라면 어디든 자라는 대로 둘 것이다. 하지만 나쁜 식물이라면 알아차리는 즉시 신속 하게 없애버려야 한다.

어린 왕자의 고향 행성에는 **무시무시한 씨앗**이 있었으니, 바로 바오밥나무의 씨앗이었다. 그 행성의 흙에는 온통 바오밥나무 씨앗이 득시글거렸다. 바오밥나무는 너무 늦게 발견하면 절대로, 절대 로 뽑아버릴 수가 없다. 바오밥나무는 행성 전체로 퍼져버리고, 뿌리가 행성에 구멍을 뚫고 들어간 다. 행성은 너무 작고 바오밥나무는 너무 많으면 행성이 산산조각 나버린다…

"그건 규칙의 문제에요." 어린 왕자는 훗날 이렇게 말했다. "아침에 일어나 다 씻고 나 면, 이제 행성을 정성껏 몸단장해줄 차례인 거예요. 반드시 바오밥나무를 규칙적 으로 뽑아주어야만 해요. 어릴 때는 장미나무랑 너무 비슷해서 구분하기가 어렵지만, 구분할 수 있게 되면 그 즉시 뽑는 거죠. 정말 성가신 일이에 요." 그리고 덧붙여 말했다. "하지만 아주 쉬워요."

그리고 어느 날 그가 내게 말했다. "아름다운 그림을 그려주세요. 아저씨가 사는 곳의 어린이들이 전부 정확히 볼 수 있도록 말 이에요. 어린이들이 언젠가 여행을 갈 때 아주 쓸모가 있을 거예요." 또 이렇게 덧붙였다.

"일은 다음 날로 미루어도 아무 탈이 없어요. 하지만 바오밥나무를 미루었다가는 참사가 일어나요. 게으른 사람이 살고 있는 행성이 하나 있거든요. 그 사람이 작은 나무 세 그루를 모른 척했는데…"

어린 왕자가 해준 설명을 따라 나는 그 행성을 그렸다. 난 도덕군자처럼 말하고 싶진 않다. 하지만 바오밥나무의 위험성은 너무 알려져 있지 않고, 소행성에서 길을 잃은 누군가가 그런 상당한 위험을 감당해야 할지도 모르니 단 한 번만 내 침묵을 깨고 분명하게 말하도록 하겠다.

"어린이 여러분, 바오밥나무를 조심하세요!"

나처럼 나의 친구들도 알지도 못한 채 오랫동안 이런 위험에 둘러싸여 있었다. 내가 이 그림을 그토록 열심히 그린 것도 바로 친구들 때문이다. 내가 이렇게 전하는 교훈은 그만큼 공들일 가치가 있는 것이다.

아마도 여러분은 나에게 물을 것이다. "이 바오밥나무 그림처럼 크고 인상적인 그림은 왜 더 없는 거죠?"

대답은 간단하다. 나도 그리려고 해보았다. 하지만 다른 그림은 성공하지 못 했다. 바오밥나무를 그릴 때는 급박한 필요성을 느꼈기 때문에 나 자신의 한계를 넘어서 있었다.

VI

오, 어린 왕자! 난 너의 슬프고 보잘 것 없는 삶의 비밀을 조금씩 이해하게 되었어…
오랫동안 네가 즐기는 오락거리라고는 지는 해를 바라보면서 조용히 기뻐하는 게 다였지. 넷째 날 아침
나는 네 말을 듣고 새로운 사실을 알았다.

"난 해 질 녘이 좋아요. 해지는 걸 보러 지금 같이 가요."

"하지만 기다려야 해." 내가 말했지.

"기다려요? 뭘요?"

"해가 지기를. 때가 되기를 기다려야 돼."

처음에 너는 아주 많이 놀라는 듯했어. 그러다가 혼자 웃더니 말했어.

"나는 항상 내가 집에 있다고 생각해서요!"

맞아. 미국이 정오일 때 프랑스에서는 해가 진다는 걸 모두가 알고 있어. 네가 프랑스까지 일분 만에 날
아갈 수 있다면, 정오에서 해 질 녘으로 곧장 갈 수 있을 거야. 안타깝게도 프랑스는 너무 멀지. 하지만
나의 어린 왕자여, 너의 작은 행성에서는 의자를 몇 발짝 움직이기만 하면 되는 일이지. 하루가 끝나고
황혼이 지는 모습을 언제든지 보고 싶을 때 볼 수 있지…

"하루는 해가 지는 걸 마흔세 번이나 봤어요!"

너는 이렇게 말하고 잠시 후에 덧붙였지.

"있잖아요. 몹시 슬플 때는 해지는 모습이 좋아져요…"

"그럼 넌 무척 슬펐던 거구나, 해지는 모습을 마흔세 번 본 날에는?"

내가 물었지만, 어린 왕자는 아무런 대답도 하지 않았다.

VII

다섯째 날, 늘 그렇듯이 또 양 덕분에 어린 왕자의 삶에 얽힌 비밀이 드러났다. 아무 조짐도 없이 뜻밖에 그가 물었다. 마치 오랫동안 말없이 고민했던 문제에 대해 물어보는 것 같았다.

"양이 작은 나무를 먹는다면, 꽃도 먹나요?"

"양은 닥치는 대로 뭐든 먹어."

"꽃에 가시가 있어도요?"

"그럼, 가시가 있는 꽃도."

"그럼 그 가시는 무슨 소용이 있는 거예요?"

나는 알지 못 했다. 그 순간 나는 엔진에 꽉 끼어버린 볼트를 푸느라 아주 바빴다. 비행기가 아주 심하게 망가진 것이 분명해 보여서 나는 몹시 걱정이 되었다. 게다가 마실 물도 거의 남지 않아서 최악의 상황이 닥칠까 봐 염려하고 있었다.

"가시는 무슨 소용이 있는 거예요?"

어린 왕자는 한 번 물어본 질문은 절대로 그냥 넘어가지 않는다. 나는 볼트 때문에 흥분해 있었다. 그래서 그 순간 떠오르는 대로 아무렇게나 대답해버렸다.

"가시는 아무 쓸모가 없어. 꽃이 그냥 심술을 부리느라 가시를 가지고 있는 거야!"

"아!"

잠깐 동안 침묵이 흘렀다. 그리고 어린 왕자는 분하다는 듯이 나에게 쏘아붙였다.

"아저씨를 못 믿겠어요! 꽃은 연약한 생물이라고요. 순진하고요. 꽃은 최선을 다해서 자기를 보호하는 거예요. 꽃은 가시가 굉장한 무기라고 믿는데…"

나는 대답하지 않았다. 그 순간 나는 마음속으로 '이 볼트가 계속 안 돌아가면, 망치로 빼버려야겠어'라고 생각하고 있었다. 어린 왕자는 다시 내 생각을 방해했다.

"그럼 아저씨는 진짜로 꽃이…"

"으, 그만!" 내가 소리쳤다. "아니, 아니, 아니! 난 아무것도 믿지 않아. 머릿속에 떠오른 대로 대답했을 뿐이야. 안 보이니? 난 중요한 문제로 아주 바쁘다고!"

그가 깜짝 놀라 나를 바라보았다.

"중요한 문제!"

어린 왕자는 망치를 손에 들고 손가락은 엔진에서 나온 기름을 까맣게 묻힌 채로, 그에게는 아주 괴상해 보이는 물건 위로 몸을 굽히고 있는 나를 바라보았다.

"아저씨는 어른들과 똑같이 말해요!"

그 말이 나를 조금 부끄럽게 했다. 그는 원망스럽다는 듯이 계속 말했다.

"아저씨가 전부 엉망으로 만들었어요… 모든 걸 **헷갈리게 한다고요**…"

어린 왕자는 정말로 몹시 화가 나 있었다. 그의 금빛 곱슬머리가 바람에 날렸다.

"얼굴이 벌건 어느 신사가 있는 행성이 하나 있어요. 그 신사는 꽃향기를 한 번도 맡아본 적이 없어요. 별을 바라본 적도 없어요. 누구를 사랑한 적도 없어요. 숫자를 더하는 일 말고는 평생 아무것도 해보지 않았죠. 그 신사는 하루 종일 같은 말을 되풀이해요. 꼭 아저씨처럼 말이에요. '**난 중요한 문제로 바쁘다고!**' 그렇게 말하고는 자만심에 들떠 있어요. 하지만 그는 사람이 아니에요. 버섯이에요!"

"뭐?"

"버섯!"

어린 왕자는 이제 굉장히 짜증이 나 있었다.

"꽃은 가시를 수백만 년 동안 키워 왔어요.

수백만 년 동안 양도 똑같이 꽃을 먹어 왔고요. 그런데 꽃이 왜 아무 쓸모도 없는 가시를 키우느라 그토록 애를 써야 했는지 이해하는 일이 중요한 문제가 아닌가요? 양과 꽃 사이의 싸움이 중요하지 않아요? 시뻘건 얼굴을 한 뚱뚱한 신사가 하는 계산보다 더 중요한 문제가 아닌가요? 그리고 나만 알고 있고, 내 행성에서만 자라는, 세상에서 하나밖에 없는 꽃을 어느 날 아침 작은 양 한 마리가 아무것도 모른 채 한 입에 먹어버릴지도 모르는데, 아저씨는 그런 건 중요하지 않다는 거군요!"

그의 얼굴은 하얗게 질렸다가 빨갛게 달아올랐다.

"수백만에 또 수백만 개의 별들 중에서 단 한 송이밖에 없는 꽃을 사랑한다면, 단지 별들을 바라보는 것만으로도 행복해질 거예요. '저기 어딘가, 내 꽃이 있어…'라고 생각하면서요. 하지만 양이 꽃을 먹어버리면, 한순간에 그 모든 별들은 깜깜해질 거라고요. 그런데 아저씨는 그게 중요하지 않다는 거죠!"

그는 더 이상 말을 잇지 못 했다. 흐느끼느라 말문이 막혀버렸다.

밤이 되었다. 나는 손에서 공구들을 내려놓았다. 망치나 볼트, 갈증이나 죽음은 아무것도 아니었다. 별 하나에, 한 행성에, 나의 행성 지구에, 위로를 받아야 할 어린 왕자가 있었다. 나는 그를 팔로 감싸 안고 달래주며 말했다.

"네가 사랑하는 꽃은 안전해. 내가 양에게 입마개를 그려줄게. 내가 꽃 주변에 두를 울타리를 그려줄게. 내가…"

나는 무슨 말을 해야 할지 몰랐다. 서투르고 바보 같았다. 내가 어떻게 그에게 다가가서 다시 한 번 그의 손을 잡을 수 있을지 알 수가 없었다.

눈물의 땅은 너무나 은밀한 곳이다.

VIII

나는 곧 그 꽃에 대해 더 잘 알게 되었다. 어린 왕자의 행성에 있는 꽃들은 언제나 단순했다. 꽃잎이 딱 한 겹이어서 자리를 조금만 차지했고, 아무에게도 해를 끼치지 않았다. 어느 아침에는 풀밭에 피어났다가, 밤이 되면 평화롭게 사그라졌다. 그러던 어느 날, 알 수 없는 곳에서 날아온 씨앗에서 새로운 꽃이 피어났다. 어린 왕자는 그의 행성에 있는 다른 작은 싹들과는 전혀 다른 이 작은 싹을 가까이서 지켜보았다. 알다시피, 새로운 종류의 바오밥나무일 수도 있으니까 말이다.

그 작은 나무는 곧 자라기를 멈추더니 꽃을 피울 준비를 하기 시작했다. 어린 왕자는 **거대한 꽃망울**이 처음으로 나타나는 것을 지켜보다가, 기적 같은 일이 나타날 것만 같다고 느꼈다. 하지만 꽃은 초록색 꽃방의 은신처에서 아직 만족스러울 만큼 아름다움을 갖추지 못한 상태였다. 꽃은 심혈을 기울여 자신의 색을 골랐다. 그리고 천천히 옷을 입으며 꽃잎을 한 장씩 가다듬었다. 꽃은 개양귀비처럼 온통 주름진 모습으로는 세상에 나가고 싶지 않았다. 오직 자신의 아름다움이 완전히 빛날 때 나타나고 싶었다. 오, 그렇다! 그 꽃은 정말 요염한 생명체였다! 그리고 그 꽃의 신비한 몸치장은 몇 날 며칠 동안 계속되었다.

그러던 어느 아침, 해가 뜨는 바로 그때 꽃이 불현듯 자신을 드러냈다.

그리고 그 모든 섬세한 몸치장을 하고서, 꽃은 하품을 하며 말했다.

"아! 겨우 깨어났어요. 부디 이해해 주세요. 내 꽃잎들이 아직 엉망이네요…"

그러나 어린 왕자는 감탄을 참을 수가 없었다.

"오! 정말 아름다워요!"

"그런가요?" 꽃이 다정하게 대답했다.

"해랑 같은 시간에 태어났어요…"

어린 왕자는 꽃이 전혀 겸손하지 않다는 사실을 쉽게 알아차릴 수 있었다. 그래도 어찌나 감동적이고 흥미로운지!

"아침 먹을 시간이군요." 그녀가 말하고는 잠시 후에 덧붙였다. "제가 필요한 것도 생각해주시면 좋겠어요."

어린 왕자는 완전히 당황했지만, 물뿌리개에 담을 신선한 물을 찾아 나섰다. 그리고 꽃에 물을 주었다.

그리하여 꽃은 솔직히 말하자면 조금은 감당하기 힘든 허영심으로 이내 어린 왕자를 괴롭히기 시작했다. 예를 들어 하루는, 꽃이 자신의 가시 네 개에 대해서 이야기하다가 어린 왕자에게 말했다.

"호랑이들이 발톱을 세우고 오겠어요!"

"내 행성에는 호랑이가 없어요." 어린 왕자가 말했다. "그리고 호랑이들은 풀을 먹지 않아요."

"난 풀이 아니에요." 꽃이 다정하게 대답했다.

"미안해요…"

"난 호랑이는 전혀 무섭지 않아요." 꽃이 계속했다. "하지만 바람은 무서워요. 바람막이는 없겠지요?"

"바람에 대한 공포라니, 그거 참 행성을 위해서는 안 된 일이네요." 어린 왕자가 이렇게 말하고는 혼잣말로 덧붙였다. "이 꽃은 정말 까다로운 생명체야…"

"밤에는 유리구를 씌워주세요. 당신이 사는 곳은 정말 춥군요. 내가 온 곳에서는…" 하지만 그녀는 그 순간 말을 멈췄다. 꽃은 씨앗의 형태로 왔다. 다른 세상에 대해서는 아무것도 알 수 없었던 것이다. 그렇게 단순한 거짓말을 하려다가 들켜버려 창피해진 꽃은 기침을 두세 번 하면서 어린 왕자를 탓하기 시작했다.

"바람막이는요?"

"내가 찾아보려는 참이었는데 이야기를 하는 바람에…"

그러더니 꽃은 어린 왕자도 똑같이 괴로워해야 한다는 듯이 억지로 기침을 좀 더 했다. 그래서 어린 왕자는 그의 사랑에서 비롯된 모든 선의에도 불구하고 이내 꽃을 의심하게 되었다. 그는 중요하지 않은 말들도 심각하게 받아들였고, 그로 인해 몹시 불행해졌다.

"꽃의 말을 듣는 게 아니었어요." 하루는 그가 내게 털어놓았다. "꽃의 말은 절대로 들으면 안 돼요. 그냥 보기만 하고 향기만 맡아야 해요. 내 꽃은 내 **행성 전체**를 향기롭게 했어요. 하지만 그런 모든 아름다움을 즐길 줄을 몰랐던 거예요. 그렇게 거슬렸던 발톱 이야기를 들었을 때도 그저 부드러운 마음으로 측은하게 여겼어야 했는데…"

그리고 계속해서 고백을 했다.

"어떤 것도 이해할 줄 몰랐단 말이에요! 말이 아닌 행동으로 판단을 해야 했어요. 꽃은 내게 향기와 빛을 드리워줬어요. **절대로 도망치지 말았어야 했어요.** 불쌍하고 어리석은 술수 뒤에 가려진 애정을 알아챘어야 했어요. 꽃들은 너무 변덕스러워요! 하지만 나는 너무 어려서 사랑하는 법을 몰랐어요."

IX

나는 어린 왕자가 도망쳤을 때 철새 떼의 이동을 이용했으리라 생각한다. 그가 떠나던 날 아침, 그는 자신의 행성을 완벽하게 정리해 두었다. 그는 조심스럽게 활화산들을 청소했다. 그에게는 활화산이 두 개 있어서 아침에 식사를 데우기에 아주 편리했다. 또 휴화산도 하나 있었다. 하지만 그가 말했듯이 "어떻게 될지는 아무도 모른다!" 그래서 그 휴화산도 청소를 해두었다. 청소만 잘 되어 있으면 화산은 폭발하지 않고 천천히 꾸준하게 타니까. 화산 폭발은 굴뚝에 불이 나는 것과 마찬가지다.

물론 지구에 있는 화산을 청소하기에는 우리가 너무 작다. 그래서 화산이 끝없이 문제를 일으키는 것이다.

어린 왕자는 어쩐지 조금은 슬픈 마음으로 바오밥나무의 마지막 작은 싹들을 뽑아냈다. 그는 다시는 돌아오고 싶지 않을 거라 믿었다. 하지만 이 마지막 아침에는 모든 익숙한 일들이 매우 소중하게 여겨졌다. 그리고 마지막으로 꽃에 물을 주고 유리구 아래로 안전하게 숨겨주려고 준비를 했을 때, 그는 울음을 터뜨리기 직전이었다.

"잘 있어요." 그가 꽃에게 말했다.

하지만 꽃은 대답이 없었다.

"잘 있어요." 그가 다시 말했다.

꽃은 기침을 했다. 하지만 감기에 걸렸기 때문이 아니었다.

"내가 바보 같았어요." 그녀가 마침내 말했다. "부디 용서해줘요. 행복해지세요…"

어린 왕자는 자신을 비난하는 소리가 없다는 것에 깜짝 놀랐다. 그는 유리구를 든 채로 어리둥절해져서 거기 서 있었다. 그는 이렇게 고요하고 다정한 분위기를 이해할 수 없었다.

"물론 나는 당신을 사랑해요." 꽃이 그에게 말했다. "그동안 그걸 몰랐다니 내 잘못이에요. 그건 중요하지 않아요. 하지만 당신도 나만큼이나 어리석었어요. 행복해지도록 해요… 유리구는 그냥 두세요. 더는 필요 없어요."

"하지만 바람이…"

"감기가 그렇게 심하지는 않아요… 시원한 밤공기는 몸에 좋을 거예요. **난 꽃이잖아요.**"

"하지만 동물들이…"

"나비랑 친해지려면 애벌레 두세 마리 정도는 견뎌야겠죠. 나비들은 무척 아름다운 것 같아요. 그리고 나비랑 애벌레가 아니라면 **누가 날 찾겠어요?** 당신은 멀리 있을 테고… 큰 동물들은 하나도 두렵지 않아요. 난 발톱이 있으니까요."

그리고 꽃은 천진난만하게 가시 네 개를 보여주고는 덧붙였다.

"이렇게 꾸물거리지 말아요. 떠나기로 결심했잖아요. 이제 가세요!"

꽃은 그에게 자신이 우는 모습을 보이고 싶지 않았다. **그녀는 그렇게나 자존심 강한 꽃이었다.**

조심스럽게 환화산들을 청소하기

X

그는 소행성 325호와 326호, 327호, 328호, 329호, 330호 근처에 있었다. 그래서 더 많은 것을 배우기 위해 그 소행성들을 방문하기 시작했다.

첫 번째 소행성에는 왕이 살고 있었다. 족제비 털로 된 푸르스름한 자줏빛 옷을 입고 왕은 검소하지만 위엄이 있는 옥좌에 앉아 있었다.

"아! 신하가 오는군." 왕이 어린 왕자가 오는 것을 보고 외쳤다.

어린 왕자는 속으로 생각했다.

"전에 본 적도 없으면서 나를 어떻게 알지?"

그는 왕들에게는 세상이 단순하게 돌아간다는 것을 알지 못 했다. 그들에게는 누구나 신하들이다.

"내가 잘 볼 수 있도록 더 가까이 오라." 드디어 누군가의 왕이 되었다는 것에 만족한 왕이 말했다.

어린 왕자는 앉을 곳을 찾아 여기저기 둘러보았지만 행성 전체가 왕의 장엄한 족제비 털 망토로 뒤덮여 있었다. 그래서 그는 똑바로 서있을 수밖에 없었는데, 너무 피곤해서 하품이 나왔다.

"왕 앞에서 하품을 하는 것은 예의에 어긋난 일이니라. 짐은 하품을 금하노라." 군주가 어린 왕자에게 말했다.

"어쩔 수가 없어요. 저도 멈출 수가 없다고요." 어린 왕자가 당황해서 말했다. "저는 오랫동안 여행을 했고, 잠도 못 잤어요…"

"음, 그렇다면 하품을 하도록 명하노라. 누가 하품하는 것을 본 것도 몇 년 만이구나. 내게 하품은 호기심의 대상이니라. 지금 해라! 하품을 다시 해라! 명령이니라." 왕이 말했다.

"무섭게 그러시니까…. 더는 하품이 안 나와요." 어린 왕자가 수줍어하며 중얼거렸다.

"흠! 흠!" 왕이 대답했다. "그렇다면 짐은… 짐은 너에게 명하노니 가끔씩 하품을 하고, 가끔씩…"

왕은 성가신 듯 더듬거리며 말했다.

왕이 가장 중요하게 여기는 것은 자신의 권위를 존중받는 것이었다. 그는 어떤 불복종도 참지 않는 전제 군주였다. 하지만 그는 아주 좋은 사람이었기 때문에 합리적인 명령만을 내렸다.

왕은 예를 들어 설명했다. "만일 내가 장군에게 물새로 변신하라고 명령했는데, 장군이 복종하지 않는다 해도 장군의 잘못이 아니다. 그것은 짐의 잘못이다."

"앉아도 될까요?" 어린 왕자가 조심스럽게 물어보았다.

"그리하기를 명하노라." 왕이 위엄 있게 족제비 망토를 걷어 올리며 대답했다.

그러나 어린 왕자는 궁금했다… 행성은 아주 작았다. 도대체 이 왕은 무엇을 다스리는 거지?

"전하, 제가 질문을 하는 것을 허락해주세요." 어린 왕자가 왕에게 말했다.

"짐이 네가 질문하기를 명하노라." 왕이 서둘러 말했다.

"전하, 무엇을 다스리십니까?"

"모든 것을." 왕이 위엄 있고 간결하게 대답했다.

"모든 것을요?"

왕이 그의 행성과 다른 행성들과 다른 모든 별들을 포함하는 몸짓을 취했다.

"그 모든 것을요?" 어린 왕자가 물었다.

"그 모든 것을." 왕이 대답했다.

왕의 통치는 전제적일 뿐만 아니라 보편적이었던 것이다.

"그러면 별들이 전하에게 복종하나요?"

"물론이지." 왕이 말했다. "그들은 즉각 복종한다. 나는 반항을 허락하지 않는다."

 어린 왕자는 그러한 권력이 신기했다. 만일 자신이 그런 완벽한 권한의 주인이 된다면, 의자를 옮기지 않고도 하루에 마흔네 번뿐 아니라 일흔두 번, 심지어 백 번이나 이백 번까지도 해가 지는 모습을 볼 수 있을 것이다. 그리고 어린 왕자는 자신이 버리고 온 작은 행성을 기억하고는 조금 슬퍼진 탓에 용기를 내서 왕에게 부탁을 해보았다.

"저는 해가 지는 것을 보고 싶어요… 친절을 베풀어주세요… 해에게 지도록 명령해주세요."

"만일 내가 장군에게 나비처럼 이 꽃에서 저 꽃으로 날아가라고 하거나, 비극을 집필하라고 하거나, 물새로 변신하라고 명령을 했는데 장군이 받은 명령을 이행하지 않는다면 우리 중에 누가 잘못이겠느냐?" 왕이 따져 물었다. "장군인가? 아니면 짐인가?"

"전하입니다." 어린 왕자가 단호하게 말했다.

"그렇다. 이행할 수 있는 명령을 내려야 하는 법이니라." 왕이 말을 이었다. "권위는 무엇보다 합당한 이치를 근간으로 하는 것이다. 백성들에게 바닷물에 뛰어들라고 명령을 한다면, 그들은 혁명을 일으킬 것이다. 내가 합리적인 명령을 내릴 때만 복종하도록 요구할 권리가 있는 것이니라."

"그러면 해가 지는 모습은요?" 한 번 던진 질문은 절대로 잊는 법이 없는 어린 왕자가 왕에게 다시 상기시켰다.

"해가 지는 것을 보도록 하라. 내가 명령하마. 그러나 내 통치의 기술을 따라서, 조건이 맞을 때까지 기다리도록 하마."

"그게 언제인데요?" 어린 왕자가 물었다.

"흠! 흠!" 왕이 말을 꺼내기 전에 부피가 큰 책력을 찾아보더니 대답했다. "흠! 흠! 그때는 대략… 대략… 그때는 오늘 저녁 여덟시 이십분 전쯤이 될 것이다. 내 명령이 얼마나 잘 이행되는지 알게 되리라!"

어린 왕자가 하품을 했다. 그는 해지는 모습을 볼 수 없어서 아쉬웠다. 그리고 벌써부터 조금 지루해지기 시작했다.

"여기서는 더 할 일이 없어요." 그가 왕에게 말했다. "여행을 다시 시작해야겠어요."

"가지 말거라." 신하를 거느리게 되어 너무나 뿌듯했던 왕이 말했다. "가지 말거라. 내가 너를 대신으로 임명하겠다!"

"무슨 대신이요?"

"법무대신!"

"하지만 여긴 판결을 내릴 사람이 없는걸요."

"그건 모르지." 왕이 그에게 말했다. "나는 아직 내 왕국을 완전히 둘러보지 못 했다. 나는 나이가 아주 많은데, 마차를 둘 만한 자리도 없고, 걷기도 너무 힘들구나."

"오, 그런데 전 벌써 다 봤어요!" 어린 왕자가 그 행성의 다른 쪽을 한 번 더 보려고 몸을 돌리며 말했다. 그쪽도 이쪽과 마찬가지로 아무도 없었다.

"그렇다면 스스로를 심판하라." 왕이 대답했다. "그것이야말로 가장 하기 힘든 일이지. 스스로를 심판하는 일이 다른 사람을 심판하는 것보다 훨씬 더 어려운 일이니라. 네가 자신을 공정하게 심판한다면, 너는 참으로 지혜로운 사람이다."

"예." 어린 왕자가 말했다. "하지만 어디서든 스스로를 심판할 수 있어요. 이 행성에 살 필요는 없어요."

"흠! 흠!" 왕이 말했다. "이 행성 어딘가에 분명히 늙은 쥐가 살고 있느니라. 밤에 소리가 들린단 말이다. 그 늙은 쥐를 심판하거라. 이따금 사형선고를 내리면 그 목숨이 네게 달려있게 되겠지. 하지만 너그럽게 대해주어야 하니 매번 사면을 해주어라. 우리가 가진 유일한 것이니 말이다."

어린 왕자가 대답했다. "저는 누구에게도 사형선고를 내리고 싶지 않아요. 이제 가야겠어요."

"안 된다." 왕이 말했다.

어린 왕자는 이제 떠날 채비를 마쳤지만, 늙은 군주를 슬프게 하고 싶지는 않았다.

　　"전하께서 명령에 복종하기를 바라신다면 저에게 이치에 맞는 명령을 내려 주세요. 예를 들어 일 분이 지나기 전에 떠나도록 **명령을 내릴 수도** 있어요. 제가 보기엔 지금 조건이 맞는 것 같은데…"

왕이 대답을 하지 않았기에 어린 왕자는 잠시 머뭇거렸다. 그리고 한숨을 내쉬며 출발했다.

　　"**너를 대사로 임명하노라.**" 왕이 다급하게 외쳤다.

그는 대단히 권위 있는 분위기를 풍겼다.

　　"어른들은 너무 이상해." 어린 왕자는 여행을 계속하면서 속으로 생각했다.

XI

두 번째 행성에는 교만한 사람이 살고 있었다.

"아! 아! 곧 나를 찬양하는 자가 방문하겠군!" 그는 어린 왕자가 오는 것을 처음 보고는 멀리서 이렇게 외쳤다.

교만한 사람에게 다른 이들은 모두 자신의 찬양자로 보였다.

"안녕하세요." 어린 왕자가 말했다. "기묘한 모자를 쓰고 계시네요."

"이건 답례용 모자야." 교만한 사람이 대답했다. "사람들이 나에게 박수를 쳐주면 모자를 들어 답례하는 거야. 안타깝게도 아무도 이 길을 지나가지를 않네."

"네?" 어린왕자는 교만한 사람이 무슨 말을 하는지 이해할 수가 없었다.

"손을 마주쳐서 손뼉을 쳐봐." 교만한 사람이 지시를 했다.

어린 왕자는 손뼉을 쳤다. 교만한 사람이 모자를 들어 겸손하게 인사를 했다.

'이건 왕을 방문했을 때보다 더 재미있잖아.' 어린 왕자가 속으로 생각했다. 그리고는 두 손을 마주쳐 다시 손뼉을 치기 시작했다. 교만한 사람이 다시 모자를 들어 답례를 했다.

어린 왕자는 이 놀이를 오 분 동안 하고 나니 너무 단조로워서 지루해졌다.

"모자를 내리게 하려면 어떻게 해야 하죠?" 그가 물었다.

그러나 교만한 사람은 그의 말을 듣지 않았다. 교만한 사람들은 칭찬하는 말 외에는 아무 말도 들리지 않는다.

"너는 정말 로 나를 찬양하는 거니?" 그가 어린 왕자에게 물었다.

"찬양하다니, 그게 무슨 뜻이에요?"

"네가 나를 찬양한다는 말은 내가 가장 잘 생겼고, 옷도 잘 입고, 부자인 데다가 이 행성에서 가장 똑똑하다고 생각한 다는 거지."

"하지만 이 행성에는 아저씨밖에 없는데요?"

"나한테 친절을 좀 베풀어줘. 그 렇게 나를 찬양해줘."

"아저씨를 찬양해요."

어린 왕자가 어깨를 조금 으쓱하며 말했다. "하지만 그렇게 한다고 해서 아저씨에게 무 슨 소용이 있나요?"

그리고 어린 왕자는 떠났다.

"어른들은 정말로 너무 이 상해." 그가 여행을 계속하면서 속으로 말했다.

XII

다음 행성에는 술꾼이 살고 있었다. 이번 방문은 아주 잠깐이었지만, 어린 왕자를 깊은 우울함에 빠뜨려 버렸다.

"거기서 뭐 하세요?" 그가 빈 병과 술이 가득 찬 병을 잔뜩 늘어두고 잠자코 앉아 있는 술꾼에게 물었다.

"술을 마시고 있어." 술꾼이 침울한 표정으로 대답했다.

"술을 왜 마시는 거예요?" 어린 왕자가 물었다.

"잊으려고." 술꾼이 대답했다.

"무엇을 잊어요?" 어린 왕자는 벌써부터 술꾼이 가엾다고 생각하며 물어보았다.

"내가 부끄럽다는 걸 잊으려고." 술꾼이 고개를 떨어뜨리며 털어놓았다.

"뭐가 부끄러운데요?" 술꾼을 돕고 싶은 마음에 어린 왕자가 물었다.

"술을 마시는 게 부끄러워!" 술꾼은 말을 마치고, 완강하게 입을 다물어버렸다.

그리고 어린 왕자는 어리둥절해져서 길을 떠났다.

"어른들은 정말이지 너무너무 이상해."

그가 여행을 계속하면서 속으로 말했다.

XIII

네 번째 행성은 사업가의 것이었다. 이 사람은 너무 바쁜 나머지 어린 왕자가 도착해도 고개조차 들어보지 않았다.

"안녕하세요." 어린 왕자가 그에게 말했다. "담배가 꺼져버렸어요."

"3 더하기 2는 5. 5 더하기 7은 12. 12 더하기 3은 15. 안녕. 15 더하기 7은 22. 22 더하기 6은 28. 다시 불을 붙일 시간이 없어. 26 더하기 5는 31. 휴! 그러면 5억 1백62만 2천7백31이네."

"뭐가 5억이에요?" 어린 왕자가 물었다.

"어? 너 아직 거기 있었니? 5억 1백만… 멈출 수가 없어. 할 일이 너무 많아! 난 중요한 일을 한다고. 허튼소리 하면서 즐길 수가 없단 말이야. 2 더하기 5는 7…"

"뭐가 5억 1백만이에요?" 평생 한 번 던진 질문은 절대로 그냥 넘어간 법이 없는 어린 왕자가 다시 물었다.

사업가가 고개를 들었다.

"이 행성에 54년 동안 살면서, 딱 세 번만 방해를 받았지. 첫 번째는 22년 전에 정신없는 거위가 어디에선가 떨어졌을 때였어. 그 녀석은 온 사방에 울리는 무시무시한 소리를 내는 바람에 나는 덧셈을 네 군데나 틀렸어. 두 번째는 11년 전에 신경통을 앓는 바람에 방해를 받았어. 운동을 충분히 하지 못하거든. 어슬렁거릴 시간이 없으니까. 세 번째는 바로 지금이야! 그러니까 내가 5억 1백만이라고 했지…"

"1백만 뭐요?"

사업가는 문득 이 질문에 답하기 전에는 혼자 평화롭게 지낼 가망이 없다는 것을 깨달았다.

"저 작은 것들 말이야." 그가 말했다. "하늘에 가끔씩 보이는 그것들."

"파리요?"

"아니. 작고 반짝이는 것들."

"꿀벌이요?"

"아니. 작고 황금빛이 나면서 게으른 사람들을 한가롭게 꿈꾸게 하는 것들. 나는 중요한 일을 하는 사람이니, 내 평생 한가하게 꿈이나 꿀 시간은 없지."

"아! 별이요?"

"그래, 바로 그거. 별."

"5억 개의 별을 가지고 뭘 하는 건데요?"

"5억 1백62만 2천7백31개라고. 난 중요한 일을 해. 난 정확하지."

"그래서 그 별들로 뭘 하는데요?"

"내가 별을 가지고 뭘 하냐고?"

"네."

"아무것도. 그냥 내가 가지고 있는 거야."

"별을 가졌다고요?"

"그래."

"하지만 저는 벌써 어떤 왕이…"

"왕이 별을 가진 건 아니야, 통치하는 거지. 전혀 달라."

"그럼 그 별들을 가지면 뭐가 좋은 거예요?"

"나를 부자로 만들어주는 거지."

"부자가 되면 뭐가 좋은데요?"

"다른 별이 발견되면, 그 별들을 더 살 수 있지."

"이 사람도 그 불쌍한 술꾼이랑 좀 비슷하게 생각을 하잖아…" 어린 왕자는 속으로 생각했다.

그렇지만 여전히 질문이 남아있었다.

"그런데 어떻게 별을 가질 수가 있죠?"

"별들이 누구에게 속해 있지?" 사업가가 짜증을 내며 되물었다.

"모르겠는데요. 누구의 것도 아니죠."

"그러면 그 별들은 나한테 속한 거야. 왜냐하면 내가 제일 처음 생각해낸 거니까."

"그게 다예요?"

"물론이지. 네가 누구 소유도 아닌 다이아몬드를 발견하면 그건 네 것이 되는 거야. 누구 소유도 아닌 섬을 발견해도 네 것이 되고. 다른 사람이 생각하기 전에 아이디어를 떠올렸으면 특허를 받는 거지. 그건 네 거야. 그러니까 나도 별을 소유한 거야. 나보다 먼저 별을 가질 생각을 한 사람이 아무도 없었으니까."

"예, 그건 사실이네요." 어린 왕자가 말했다. "그럼 그 별들로 뭘 할 건데요?"

"별들을 관리하는 거지." 사업가가 대답했다. "별들을 세고 또 세지. 어려운 일이야. 하지만 난 천성적으로 중요한 일에 어울리는 사람이거든."

어린 왕자는 아직도 마땅치가 않았다.

"내가 실크 스카프를 가지고 있으면 내 목에 둘러서 가지고 다닐 수 있죠. 내가 꽃을 가지고 있으면 뽑아서 가지고 다닐 수 있고요. 하지만 하늘에서 별들을 뽑을 수는 없잖아요…"

"없지. 하지만 은행에 넣어둘 수는 있어."

"무슨 소리예요?"

"작은 종이에 내 별들의 개수를 쓰는 거야. 그리고 그 종이를 서랍에 넣고 열쇠로 잠그면 된단 말이지."

"그게 다예요?"

"그거면 충분해." 사업가가 말했다.

'그거 참 재미있네.' 어린 왕자가 생각했다. '낭만적이야. 하지만 그렇게 대단히 중요한 일은 아니잖아.'

중요한 일에 대해서는 어린 왕자는 어른들과 생각이 매우 달랐다.

"난 꽃을 한 송이 가지고 있어요." 그가 사업가와 대화를 이어나갔다. "매일 물을 주죠. 나는 화산도 세 개 가지고 있는데, 매주 청소를 해요. 휴화산 하나도 언제 터질지 모르기 때문에 청소를 하거든요. 내가 그것들을 소유하는 것이 화산에게도 꽃에게도 도움이 되는 일이죠. 하지만 아저씨는 별들에게 아무 도움이 안 되잖아요…"

사업가는 입을 열었지만 대답할 말이 없었다. 그리고 어린 왕자는 떠나갔다.

"어른들은 정말이지 다들 이상하기 짝이 없어." 그는 여행을 계속하면서 속으로 생각했다.

XIV

다섯 번째 행성은 아주 낯설었다. 행성들 중에서 가장 작았는데, 가로등 하나와 점등원 한 명이 들어갈 자리만 있었다. 어린 왕자는 하늘 어딘가에, 사람들도 없는 행성에, 집 한 채도 없는데 **가로등과 점등원**이 무슨 소용이 있는지 도무지 이해할 수가 없었다. 그렇지만 속으로 생각했다.

"이 사람도 어리석을지 모르지. 하지만 왕이나 교만한 사람, 사업가, 술꾼만큼 어리석지는 않을 거야. 적어도 의미 있는 일을 하잖아. 점등원이 가로등에 불을 켜면, **마치 별 하나나 꽃 한 송이에게 생명을 주는 것 같잖아.** 가로등 불을 끄면 꽃이나 별을 재우는 것 같고. 아름다운 직업이야. 아름다운 만큼 진짜 쓸모가 있는 거잖아."

어린 왕자는 그 행성에 도착하자 점등원에게 공손하게 인사를 했다.

"안녕하세요. 방금 왜 가로등을 껐나요?"

"그렇게 지시를 받았어." 점등원이 대답했다. "잘 잤니?"

"어떤 지시인데요?"

"내가 가로등을 끄는 거지. 잘 자."

그리고 그는 다시 가로등을 켰다.

"그런데 왜 다시 켰어요?"

"그렇게 지시를 받았어." 점등원이 대답했다.

"이해가 안 가요." 어린 왕자가 말했다.

"이해할만한 일이 아니야." 점등원이 말했다. "지시는 지시일 뿐이야. 잘 잤니?"

그리고 그는 가로등을 껐다.

그러더니 빨간 정사각형 무늬가 있는 손수건으로 이마를 닦았다.

"난 힘든 일을 하고 있어. 옛날에는 할 만했어. 아침에 가로등을 끄고 저녁에는 다시 켰지. 나머지 낮 시간에는 쉬고 밤 시간에는 잠을 잤지."

"그런데 그 후에 지시가 달라졌나요?"

"지시는 달라지지 않았어. 바로 그게 문제야! 해가 갈수록 행성이 점점 더 빨리 도는데 지시는 바뀌지 않고 있어!" 점등원이 말했다.

"그래서요?" 어린 왕자가 물었다.

"그래서… 행성은 이제 매분마다 한 바퀴를 돌고, 나는 더 이상 일초도 쉴 수가 없지. 매분마다 가로등을 켰다가 꺼야 하니!"

"정말 재미있네요! 여기 아저씨가 사는 곳은 하루가 일분밖에 안 되다니!"

"전혀 재미있지 않아! 우리가 같이 이야기하는 동안 한 달이 지나간 거야." 점등원이 말했다.

"한 달이요?"

"그래, 한 달. 삼십 분. 삼십 일. 잘 자."

그리고 그는 다시 가로등을 켰다.

어린 왕자는 점등원을 지켜보면서, 지시를 그렇게나 성실히 따르는 그가 좋아졌다. 어린 왕자는 의자를 당기면서 해지는 모습을 찾아다녔던 지난날을 기억해내고는 친구 같은 점등원을 돕고 싶어졌다.

"있잖아요, 쉬고 싶을 때 언제라도 쉴 수 있는 방법을 알려드릴게요."

"난 언제나 쉬고 싶어." 점등원이 말했다.

사람은 성실하면서도 동시에 게을러지고 싶기도 한 것이다.

어린 왕자가 설명을 이어나갔다.

"아저씨 행성은 아주 작아서 세 걸음이면 한 바퀴를 다 돌 수 있어요. 언제나 낮이 되려면, 천천히 걷기만 하면 되는 거예요. 쉬고 싶을 때는 **걷는 거예요.** 그러면 낮은 원하는 만큼 언제까지나 계속될 거예요."

"그건 나한테 별로 좋을 게 없잖아. 내가 바라는 것은 잠을 자는 거야." 점등원이 말했다.

"그렇다면 어쩔 수 없군요." 어린 왕자가 말했다.

"어쩔 수 없지. 잘 잤니?" 점등원이 이렇게 말하고는 가로등을 켰다.

여행을 계속하면서 어린 왕자는 마음속으로 생각했다. "모두가 저 사람을 비웃을 거야. 왕도, 교만한 사람도, 술꾼도, 사업가도. 그렇지만 내게는 저 사람만 우스꽝스럽지 않아 보여. 아마도 자기 자신이 아닌 다른 것에 몰두해 있기 때문일 거야."

그는 후회 섞인 한숨을 내쉬면서 다시 이렇게 생각했다.

"그 모든 사람들 중에서 딱 저 사람만이 내 친구가 될 수 있었는데. 하지만 그 행성은 정말이지 너무 작아. **두 사람이 들어갈 자리가 없어.**"

어린 왕자는 무엇보다도 이 행성을 떠나는 것이 가장 아쉬웠다고 끝내 고백하지 못 했다. 그곳은 매일 1440번이나 해지는 모습을 볼 수 있는 축복받은 행성이었기 때문이다.

XV

여섯 번째 행성은 지난번 행성보다 열 배나 더 컸다. 거기에는 두툼한 책들을 집필한 노신사가 살고 있었다.

"오, 봐라! 탐험가가 왔군!" 그는 어린 왕자가 오는 것을 보고 이렇게 외쳤다.

어린 왕자는 탁자에 앉아 숨을 조금 몰아쉬었다. 벌써 이렇게 멀리까지 긴 여행을 했으니까!

"어디서 왔나?" 노신사가 물었다.

"저 큰 책은 뭐예요? 무얼 하고 계신 거예요?" 어린 왕자가 물었다.

"난 지리학자야." 노신사가 대답했다.

"지리학자가 뭐예요?" 어린 왕자가 물었다.

"지리학자는 모든 바다와 강, 마을, 산, 사막의 위치를 알고 있는 학자란다."

"그것참 흥미롭네요. 드디어 진짜 직업을 가진 사람을 만났어요!"

어린 왕자가 이렇게 말하고, 지리학자의 행성을 둘러보았다. 전에는 본 적이 없는 가장 멋지고 위풍당당한 행성이었다.

"정말 아름다운 행성이네요. 바다도 있어요?" 그가 말했다.

"모르겠어." 지리학자가 대답했다.

"아!" 어린 왕자는 실망했다.

"산은 있나요?"

"모르겠어." 지리학자가 대답했다.

"그러면 마을이나 강이나 사막은요?"

"그것도 모르겠구나."

"하지만 지리학자라면서요."

"그렇지. 하지만 **난 탐험가가 아니거든**. 내 행성에는 탐험가가 한 명도 없었어. 지리학자는 밖에 나가서 마을과 강, 산, 바다, 대양, 사막들을 세어보지는 않아. **지리학자**는 어슬렁거리며 다니기에는 너무 중요한 사람이니까. 책상을 떠나지 않는단다. 하지만 연구를 하며 탐험가들을 만나지. 탐험가들에게 질문을 하고 그들이 여행에 대해 기억하는 것들을 받아 적는 거야. 그리고 탐험가들의 기억 중에서 흥미를 끄는 게 있으면 지리학자가 그 탐험가의 도덕성에 대해 조사하라고 지시하는 거야."

"왜요?"

"왜냐하면 탐험가가 거짓말을 하면 지리학자의 책이 엉망이 되는 거니까. 술을 너무 많이 마시는 탐험가도 마찬가지고."

"왜요?" 어린 왕자가 물었다.

"왜냐하면 취한 사람 눈에는 하나가 둘로 보이거든. 그러면 지리학자는 산이 하나인 자리에 두 개라고 적게 되잖아."

"저도 탐험가가 되기에 적당하지 않은 사람을 하나 알아요." 어린 왕자가 말했다.

"그럴 수 있지. 그리고 탐험가의 도덕성이 훌륭하다고 판명되면, 그가 발견한 것에 대해 조사하라고 지시를 하지."

"직접 보러 가는 건가요?"

"아니. 그건 너무 번거롭지. 하지만 탐험가에게 증거를 제시하라고 요구하지. 예를 들어, 커다란 산을 발견했다고 한다면 거기서 커다란 돌을 가져오라고 하는 거야."

지리학자는 갑자기 자극을 받은 듯 흥분했다.

"그런데 너, 너도 멀리서 왔지! 넌 탐험가야! 네 행성에 대해 설명해줘야지!"

그는 큰 기록장을 펼치고 연필을 깎았다. 탐험가들의 설명은 먼저 연필로 적어 넣는다. 그리고 탐험가가 증거를 가져오면 그때 잉크로 적는 것이다.

"자?" 지리학자가 기대에 차서 물었다.

"오, 제가 사는 곳이요. 썩 흥미롭지는 않은 곳인데요. 아주 작고요. 화산이 세 개 있어요. 두 개는 활화산이고 하나는 휴화산이죠. 하지만 언제 터질지 아무도 모르죠."

"아무도 모른다." 지리학자가 말했다.

"그리고 꽃도 한 송이 있어요."

"꽃은 기록하지 않아." 지리학자가 말했다.

"왜요? 그 꽃이 내 행성에서 제일 아름다운 건데!"

"우리는 꽃은 기록하지 않아. 꽃은 덧없으니까."

"'덧없다'라고요? 무슨 뜻이에요?"

"지리책은 책 중에서도 가장 중요한 책이란다. 유행을 타지 않아. 산이 자리를 옮기는 일은 거의 없거든. 바다에서 물이 바닥날 일도 없고 말이야. 우리는 영원한 것만을 기록한단다."

"하지만 휴화산은 다시 살아날 수도 있어요." 어린 왕자가 끼어들었다. "그래서 '덧없다'가 무슨 뜻이에요?"

"휴화산이든 활화산이든 우리에겐 마찬가지야. 우리에게 중요한 것은 그게 산이라는 거지. 그건 변하지 않으니까."

"하지만 '덧없다'라는 건 무슨 뜻인데요?" 평생 한 번 던진 질문을 그냥 넘기는 법이 없는 어린 왕자가 거듭 물었다.

"그건 '금방 사라져버린다'는 뜻이야."

"내 꽃이 금방 사라져버린다고요?"

"물론이지."

"내 꽃이 덧없다고. 세상에서 자신을 지킬 수 있는 거라고는 가시 네 개밖에 없는 꽃인데. 내가 그 꽃을 행성에 혼자 두고 왔다니!" 그 순간 어린 왕자는 처음으로 후회를 했다. 하지만 다시 한 번 용기를 냈다.

"이제 어디를 가는 게 좋을까요?" 그가 물었다.

"지구라는 행성. 평판이 좋단다." 지리학자가 대답했다.

그리고 어린 왕자는 그의 꽃을 생각하며 떠나갔다.

XVI

그렇게 해서 일곱 번째 행성은 지구가 되었다.

지구는 그저 평범한 행성이 아니다! 거기에는 111명의 왕(그중에는 흑인 왕도 빠지지 않고 포함되어 있다)과 7000명의 지리학자, 90만 명의 사업가, 7백50만 명의 술꾼, 3억 1천1백만 명의 교만한 사람들, 다시 말해 20억 명 정도의 어른들이 있다.

전기를 발명하기 전에는 여섯 대륙에 걸쳐서 무려 46만 2천5백11명의 가로등 점등원이 필요했다고 말한다면 지구의 크기가 어느 정도인지 가늠할 수 있을 것이다.

조금 거리를 두고 보면 그것은 실로 장관일 것이다. 이 점등원들의 움직임은 오페라 속의 발레단처럼 통제되어 있었다. 가장 처음은 뉴질랜드와 오스트레일리아 점등원들의 차례였다. 그들은 가로등을 켜두고 잠을 자러 갔다. 다음으로는 중국과 시베리아의 점등원들이 춤을 추러 들어왔다가 그들 역시 무대 양쪽 끝으로 들어갔다. 그런 다음에는 러시아와 인도, 그리고 아프리카와 유럽, 그다음에는 남아메리카, 또 다음에는 북아메리카의 점등원들의 차례가 돌아왔다. 그들은 절대로 무대에 오르는 순서를 틀리지 않았다. 그것은 정말 멋진 광경이었다.

북극에 단 하나 있는 가로등을 책임지는 사람과 남극에 단 하나 있는 가로등을 책임지는 그의 동료, 이렇게 단 두 명만이 힘들지 않게 지냈다. 그들은 일 년에 딱 두 번만 바빴다.

XVII

이야기를 재미있게 하다 보면, 이따금 진실에서 멀어지는 경우가 있다. 내가 점등원에 대해 이야기할 때 완전히 정직했던 것은 아니었다. 나는 우리 행성에 대해 알지 못하는 이들에게 잘못된 생각을 심어줄 수도 있겠다는 사실을 깨달았다. **사람들은** 지구에서 아주 작은 자리를 차지한다. 20억 명의 사람들이 **대형 대중 집회에 모인 것처럼** 빽빽하게 선다 해도 가로와 세로가 20마일씩 되는 광장이면 충분히 다 들어갈 수 있을 것이다. 또 사람들을 모두 위로 쌓아올린다면 태평양의 작은 섬 하나에 다 들어갈 수 있다. 어른들은 이런 이야기를 믿지 않을 것이 분명하다. 그들은 스스로 제법 많은 공간을 채우리라 짐작한다. **그들은 스스로를 바오밥나무만큼이나 중요하게 여긴다.** 그럴 때는 스스로 계산을 해보라고 충고해주어야 한다. 어른들은 숫자를 좋아하니까, 기꺼이 해볼 것이다. 하지만 여러분은 이런 부차적인 일을 하느라 시간을 버리지 않아도 된다. 그럴 필요가 없다. 여러분은 날 믿으면 된다.

어린 왕자가 지구에 도착했을 때, 아무도 보이지 않아 깜짝 놀랐다. 그가 다른 행성에 잘못 온 것이 아닌지 의구심이 들기 시작했을 때, 모래밭에서 달빛처럼 반짝이는 황금 고리가 보였다.

"안녕." 어린 왕자가 예의 바르게 인사했다.

"안녕." 뱀이 말했다.

"내가 내린 이곳이 어느 행성이니?" 어린 왕자가 물었다.

"여긴 지구야. 이곳은 아프리카이고." 뱀이 대답했다.

"아! 그럼 지구에는 사람이 살지 않는 거니?"

"여긴 사막이야. 사막에는 사람이 없어. 지구는 크단다."

뱀이 말했다.

어린 왕자는 돌멩이 위에 앉아서 눈을 들어 하늘을 올려 다보았다.

"언젠가는 우리 모두 각자 자기 별을 찾을 수 있도록 **저렇게 하 늘에 별이 빛나고 있는 게 아닌지** 궁금해… 저기 내 행성을 봐. 우리 바로 위 에 있어. 하지만 얼마나 멀리 떨어져 있는지!"

"아름답구나! 어떻게 여기까지 오게 되었니?"

"꽃이랑 좀 문제가 있었어."

"넌 희귀한 동물이구나. 손가락처럼 가늘어."
마침내 그가 말했다.

어린 왕자가 말했다.

"그랬구나!" 뱀이 말했다.

그리고 둘 다 말이 없었다.

"사람들은 어디에 있니? 사막은 좀 외롭네." 어린 왕자가 마침내 대화를 이어갔다.

"사람들 사이에 있어도 외로워." 뱀이 말했다.

어린 왕자는 뱀을 오랫동안 바라보다가 마침내 말했다.

"넌 재미있는 동물이구나. 손가락보다 그리 굵지도 않고…"

"그래도 왕의 손가락보다 힘은 더 세다고." 뱀이 말했다.

어린 왕자는 웃음을 지었다.

"넌 그렇게 힘이 세지 않은 것 같단 말이야. 발도 없잖아. 여행도 못하겠네…"

"난 그 어떤 배보다도 더 멀리까지 너를 데려다줄 수 있다고." 뱀이 말했다.

뱀은 자기 몸으로 어린 왕자의 발목을 황금 팔찌처럼 휘감았다.

"누구든 내가 만지기만 하면 왔던 곳으로 되돌려 보내버린다고." 뱀이 다시 말했다.

"하지만 넌 순진하고 진실한 데다 **별에서 왔으니까**…"

어린 왕자는 대답하지 않았다.

"안쓰럽네. 돌처럼 단단한 지구에서 넌 너무 연약해." 뱀이 말했다. "언젠가는 내가 널 도와줄 수도 있어. **네 행성이** 너무 그리워지면 말이야. 난…"

"그래! 잘 알아들었어. 하지만 왜 항상 수수께끼 같은 말만 하는 거야?" 어린 왕자가 말했다.

"난 수수께끼 다 풀어." 뱀이 말했다.

그리고 둘 다 말이 없었다.

XVIII

어린 왕자는 사막을 가로질러 가다가 꽃 한 송이를 만났다. 꽃잎이 세 장 달린 보잘 것 없는 꽃이었다.

"안녕." 어린 왕자가 말했다.

"안녕." 꽃이 말했다.

"사람들은 어디 있니?" 어린 왕자가 공손하게 물었다.

꽃은 상인들이 지나가는 것을 한 번 본 적이 있다.

"사람들?" 꽃이 되물었다. "예닐곱 명 정도는 있는 것 같아. 여러 해 전에 봤거든. 하지만 어디서 찾을 수 있는지는 모르겠어. 바람에 떠밀려 다니니까. 사람들은 뿌리가 없어서 살아가기가 무척 힘들걸."

"잘 있어." 어린 왕자가 말했다.

"안녕." 꽃이 말했다.

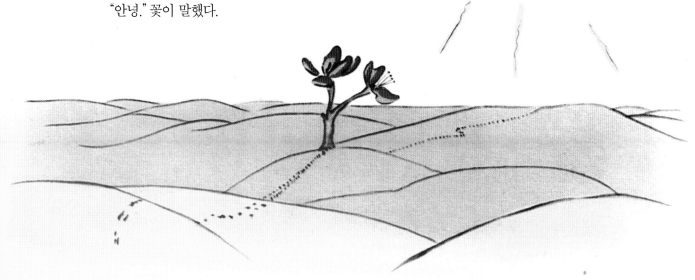

XIX

그 뒤로 어린 왕자는 높은 산에 올랐다. 그가 알던 산이라고는 무릎 정도까지 올라오는 화산 세 개가 전부였다. 그리고 휴화산은 발받침으로 사용했다. "이렇게 높은 산에서라면 이 행성과 사람들을 전부 한눈에 볼 수 있을 거야…" 그가 속으로 이렇게 생각했다.

하지만 바늘처럼 뾰족한 산봉우리 외에는 아무것도 보이지 않았다.

"안녕." 그가 공손하게 말했다.

"안녕… 안녕… 안녕." 메아리가 대답했다.

"넌 누구니?" 어린 왕자가 말했다.

"넌 누구니… 넌 누구니… 넌 누구니?" 메아리가 대답했다.

"친구하자. 난 혼자야." 그가 말했다.

"난 혼자야… 난 혼자야… 난 혼자야." 메아리가 대답했다.

"정말 기묘한 행성이잖아!" 그가 생각했다. "모두 메말라 있

고, 모두 날카롭고, 모두 황량하고, 으스스해. 사람
들은 상상력이 없잖아. 했던 말만 되풀이하고 말
이야. 내 행성에는 꽃이 있었다고. 항상 먼저 말을
거는 꽃이었는데…"

이 행성은 메말라 있고, 날카롭고 혹독하다.

XX

어린 왕자는 오랫동안 모래와 바위와 눈을 뚫고 걸어간 뒤에 드디어 길을 하나 만났다. 그리고 모든 길은 사람들이 사는 곳으로 향해 있다.

"안녕." 그가 말했다.

그는 장미가 가득 피어 있는 정원 앞에 서 있었다.

"안녕." 장미들이 말했다.

어린 왕자는 장미들을 바라보았다. 장미들은 그의 꽃과 비슷해 보였다.

"너희들은 누구니?" 어린 왕자는 깜짝 놀라서 물었다.

"우린 장미야." 장미들이 말했다. 어린 왕자에게 슬픔이 밀려왔다. 그의 꽃이 말하기를 자신은 우주 전체에서 하나밖에 없는 꽃이라고 했었다. 그런데 여기 정원 한 곳에만 모두 똑같은 5천 송이의 장미가 있는 것이다!

그는 속으로 생각했다. "이걸 보면 굉장히 짜증스러워할 거야.

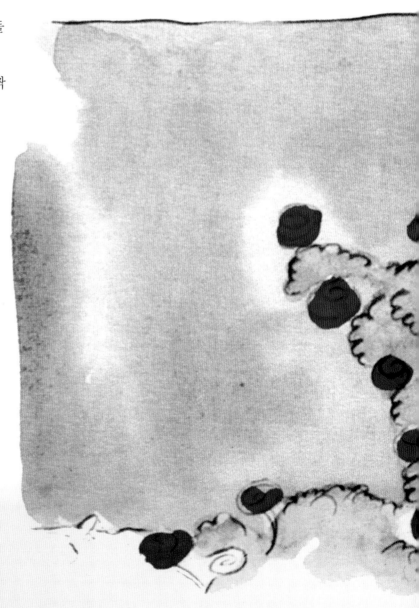

… 엄청나게 기침을 하겠지. 그리고 비웃음을 당하지 않으려고 죽은 척할 거야. 그러면 나는 꽃을 되살 리려고 돌보아주는 척해야만 되고, 그렇게 하지 않으면 죄책감을 느끼게 하려고 정말로 죽어버릴 수도 있어…"

그리고 그는 계속 생각했다. "난 세상에 하나밖에 없는 꽃이 있어서 부자라고 생각했는데, 내가 가진 건 흔한 장미에 불과했잖아. 평범한 장미 한 송이, 무릎까지 오는 화산 세 개, 그중에 하나는 영원히 꺼져있을 수도 있고… 그 정도로는 그리 대단한 왕자가 될 수 없잖아."

그는 풀밭에 누워 울음을 터뜨렸다.

XXI

그때 여우가 나타났다.

"안녕." 여우가 말했다.

"안녕." 어린 왕자가 정중하게 대답하고 돌아보았지만 아무것도 보이지 않았다.

"나 여기 있어. 사과나무 아래야." 그 목소리가 말했다.

"넌 누구니?" 어린 왕자가 묻고 나서 이렇게 덧붙였다. "너 정말 예뻐 보인다."

"난 여우야." 여우가 말했다.

"이리 와서 나랑 놀자." 어린 왕자가 청했다. "난 너무 불행해."

"난 너랑 놀 수 없어." 여우가 말했다. "난 길들여지지 않았거든."

"그래! 미안해." 어린 왕자가 말했다.

하지만 잠시 생각한 뒤에 그가 말했다.

"'길들인다'는 게 무슨 뜻이야?"

"넌 여기 살지 않는구나." 여우가 말했다. "뭘 찾고 있니?"

"난 사람들을 찾고 있어." 어린 왕자가 말했다. "'길들인다'는 게 무슨 뜻이야?"

"사람들은 총을 가지고 사냥을 해. 아주 성가시지. 닭도 키우는데, 오직 거기에만 관심이 있어. 너도 닭을 찾고 있는 거야?" 여우가 말했다.

"아니. 난 친구를 찾고 있어. '길들인다'는 건 무슨 뜻이야?"

"그건 소홀히 하기 쉬운 행동인데, 관계를 만든다는 뜻이야."

"관계를 만든다고?"

"그래. 나한테 너는 아직 수많은 다른 소년들과 다를 바 없는 소년 한 명에 지나지 않지. 난 네가 필요하지 않아. 그리고 네 입장에서도 내가 필요 없고. 너에게 난 수많은 다른 여우들과 다를 바 없는 여우 한 마리에 지나지 않아. 하지만 네가 나를 길들이면, 우리는 서로 필요하게 될 거야. 나에게 너는 세상에 하나밖에 없는 소년이 될 거야. 너에게 나는 세상에 하나밖에 없는 여우가 될 거고…"

"무슨 말인지 알 것 같아." 어린 왕자가 말했다. "나한테 꽃이 한 송이 있거든. 그 꽃이

나를 길들인 건가 봐."

"그럴 수도 있어." 여우가 말했다. "지구에는 별의별 일들이 다 일어나잖아."

"오, 하지만 지구에서 일어난 일이 아니야!" 어린 왕자가 말했다.

여우는 어리둥절해져서 호기심이 발동한 듯 보였다.

"다른 행성에서?"

"그래."

"그 행성에도 사냥꾼들이 있니?"

"없어."

"아, 그거 흥미로운걸! 닭은 있니?"

"없어."

"완벽한 곳은 없구나." 여우가 한숨을 지었다.

하지만 다시 하던 이야기로 돌아갔다.

"내 인생은 너무 단조로워. 난 닭을 사냥하지. 사람들은 날 사냥해. 닭들은 다 똑같아. 사람들도 다 똑같고. 그래서 난 좀 지루해졌어. 네가 나를 길들인다면 내 삶에 해가 드는 것 같을 거야. 난 다른 모든 발걸음 소리와는 다른 네 발걸음 소리를 알게 될 거야. 다른 발걸음 소리에 나는 서둘러 땅속으로 들어가지. 네 발걸음 소리는 음악처럼 나를 굴 밖으로 불러낼 거야. 그리고 저기 아래에 밀밭이 보이니? 난 빵을 먹지 않아. 밀은 내게 쓸모가 없지. 밀밭은 나에게 아무 말도 건네지 않아. 슬픈 일이지. 하지만 네 머리카락은 황금빛이야. 네가 나를 길들이면 얼마나 근사할지 생각해봐! 황금빛 곡식을 보면 네 생각이 떠오를 거야. 그리고 나는 밀밭에서 부는 바람 소리도 좋아하게 될 거야."

여우는 오랫동안 어린 왕자를 바라보았다.

"제발 나를 길들여줘!" 여우가 말했다.

"나도 정말 그러고 싶어. 하지만 난 시간이 많지 않아. 난 친구들도 사귀어야 하고 알아야 할 것도 많아."

"길들인 것에 대해서만 이해할 수가 있어." 여우가 말했다. "사람들은 더 이상 어떤 것도 이해할만한 시간이 없어. 그들은 이미 만들어진 것들을 상점에서 사지. 하지만 우정을 살 수 있는 상점은 어디에도 없으니, 사람들은 더 이상 친구가 없어. 친구를 사귀고 싶으면 날 길들여." "널 길들이려면 어떻게 해야 하는데?" 어린 왕자가 물었다.

"참을성이 있어야 해." 여우가 대답했다. "우선은 이렇게 조금 떨어진 풀밭에 앉아 있는 거야. 내가 곁눈질을 하며 널 볼 거야. 그럼 너는 아무 말도 하지 않아. 말이 오해를 불러일으키니까. 하지만 매일매일 넌 나에게 조금씩 가깝게 다가앉게 될 거야." 다음날 어린 왕자가 돌아왔다.

"같은 시간에 돌아오면 더 좋을 거야." 여우가 말했다. "예를 들어 오후 네 시에 네가 온다면, 난 세 시만 되어도 행복해질 거야. 시간이 지날수록 점점 더 행복해지겠지. 네 시가 되면 난 벌써부터 흥분해 있을 거야. 내가 얼마나 행복한지 보여주겠지! 하지만 네가 아무 때나 온다면, 언제 내 심장이 너를 맞이할 준비가 되어야 할지 알 수가 없잖아… **적당한 의식도 지켜야 하고…**"

"의식이 뭐야?" 어린 왕자가 물었다.

"이것도 소홀히 하기 쉬운 건데, 어떤 날을 다른 날들과 다르게 만들어주는 거야. 어떤 시간을 다른 시간과 다르게 만들어주고. 이를테면 사냥꾼들 사이에 의식이 있어. 목요일마다 마을 처녀들과 춤을 추지. 그래서 목요일은 내게 근사한 날이야! 포도밭까지 산책을 갈 수 있거든. 하지만 사냥꾼들이 아무 때나 춤을 춘다면 매일매일이 똑같잖아. 난 절대로 휴가도 못 갈 거고."

그래서 어린 왕자는 **여우를 길들였다.** 그리고 그가 출발할 시간이 가까워 오자…

"아, 나 울 것 같아." 여우가 말했다.

"네 잘못이잖아. 난 너한테 아무런 해도 끼치고 싶지 않았는데, 네가 나에게 길들여지고 싶어 했잖아."

"맞아, 그건 그래." 여우가 말했다.

"그래도 울려고 그러잖아!" 어린 왕자가 말했다.

"맞아, 그건 그래." 여우가 말했다.

"그러면 너한테 전혀 소용이 없었던 거잖아!"

"소용이 있었어." 여우가 말했다. "밀밭 색깔 덕분에."

그리고 그가 덧붙였다.

"가서 장미들을 다시 살펴봐. 이제는 네 꽃이 세상에 하나밖에 없다는 걸 알 수 있을 거야. 그리고 나에게 와서 작별 인사를 해. 내가 선물로 비밀을 알려줄게."

어린 왕자는 장미들을 다시 보러 떠났다.

"너희는 나의 장미와는 전혀 다르구나." 그가 말했다. "너희들은 아직 아무것도 아니니까. 아무도 너희를 길들이지 않았고, 너희도 누구를 길들이지 않았으니. 내가 여우를 처음 알았을 때, 그때의 여우 같구나. 다른 수많은 여우들과 다를 바 없는 그냥 여우였지. 하지만 난 여우와 친구가 되었고, 이제 세상에서 하나밖에 없는 여우가 되었지.
장미들은 무척 당황했다.

"너희는 예쁘지만 텅 비어 있어." 그가 계속했다. "아무도 너희를 위해 죽어 주지 않아. 분명 지나가는 사람이 보기엔 내 장미도 너희와 똑같을 거야. 하지만 그 꽃 한 송이는 너희 다른 장미들 수백 송이보다도 **더 소중해.** 내가 물을 주고, 유리구를 씌워주고, 바람막이로 보호해준 그 꽃이기 때문이야. 내가 (나비가 되라고 남겨둔 두세 마리를 빼고) 애벌레들을 잡아주기도 하고, 투덜거리거나 으스대는 소리를 들어주고, 때로 아무 말도 하지 않아도 귀 기울여주었던 그 꽃이기 때문이야. 그 꽃이 나의 장미이니까."
그리고 그는 여우를 만나러 돌아갔다.

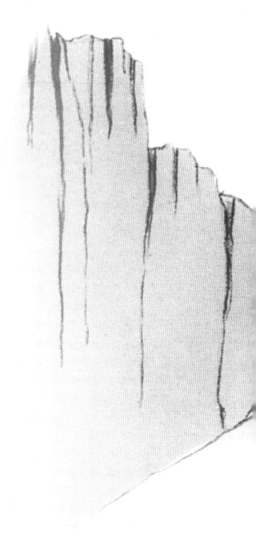

"잘 있어." 그가 말했다.

"잘 가." 여우가 말했다. "내 비밀은 이거야. 아주 간단하지. 똑비로 보려면 마음으로 보아야 한다는 거야. 중요한 건 눈에는 보이지 않거든."

"중요한 건 눈에 보이지 않는다고." 어린 왕자는 똑똑히 기억해두려고 다시 한 번 말해보았다.

예를 들어 네가 오후 네 시에 온다면,
난 세 시부터 행복해질 거야.

"네가 장미를 위해 쏟은 그 시간이 네 장미를 그토록 소중하게 만드는 거야."

"내가 장미를 위해 쏟은 그 시간이…"

어린 왕자는 똑똑히 기억해두려고 다시 한 번 말해보았다.

"사람들은 이런 진리를 잊어버렸어." 여우가 말했다. "하지만 넌 잊지 마. 넌 네가 길들인 것에 영원히 책임이 있는 거야. 넌 네 장미에게 책임이 있어…"

"난 내 장미에게 책임이 있다."

어린 왕자는 똑똑히 기억해두려고 되풀이해보았다.

XXII

"**안**녕하세요." 어린 왕자가 말했다.

"안녕." 철도 전철수가 말했다.

"**여기서 뭐 하세요?**" 어린 왕자가 물었다.

"여행객들을 천 명 단위로 갈라놓고 있어. 여행객들이 탄 열차를 이번에는 오른쪽, 이번에는 왼쪽, 이런 식으로 보내는 일을 해." 전철수가 말했다.

그리고 화려하게 불을 밝힌 급행열차가 천둥 같은 소리를 내며 전철수의 신호소를 흔들어놓고 지나갔다.

"정말 급한 모양이에요." 어린 왕자가 말했다. "저 사람들은 **무얼 찾아가는 거예요?**"

"열차 기관사라도 그건 모르지." 전철수가 말했다.

두 번째로 불을 밝힌 급행열차가 반대 방향으로 천둥처럼 지나갔다.

"벌써 돌아오는 거예요?" 어린 왕자가 물었다.

"같은 사람들이 아니야. 번갈아 오고 가는 거야." 전철수가 말했다.

"원래 있던 곳이 만족스럽지 못 했던 건가요?" 어린 왕자가 물었다.

"**아무도 지금 있는 곳에 만족하지 않아.**" 전철수가 말했다.

세 번째로 불을 밝힌 급행열차가 내는 천둥 같은 소리가 들렸다.

"첫 번째 승객들을 쫓아가는 거예요?" 어린 왕자가 물었다.

"아무것도 쫓아가지 않는단다." 전철수가 말했다. "저 사람들은 저 안에서 잠들거나, 그렇지 않으면 하품을 하지. 어린이들만 창문에 코를 납작하게 대고 밖을 보는구나."

"어린이들만이 자신들이 무엇을 찾는지 알고 있죠." 어린 왕자가 말했다. "헝겊 인형에 시간을 쏟으면 그 인형이 소중해지는 거예요. 만일 누가 가져가기라도 하면, 울기 시작하죠…"

"**그들은 운이 좋은 거야.**" 전철수가 말했다.

XXIII

"**안**녕하세요." 어린 왕자가 말했다.

"안녕." 상인이 말했다.

이 상인은 갈증을 해소하려고 발명한 알약을 팔았다. 일주일에 알약 하나만 먹으면 아무것도 마시고 싶지 않게 된다.

"**그런데 왜 그런 약을 팔죠?**" 어린 왕자가 물었다.

"시간을 엄청나게 절약할 수 있거든." 상인이 말했다. "전문가들이 계산해봤더니, 이 약으로 일주일에 53분을 아낄 수 있다는 거야."

"그럼 그렇게 아낀 53분으로 무얼 하죠?"

"뭐든 원하는 대로…"

"내가 원하는 대로 쓸 수 있는 53분이 있으면, **신선한** 물이 있는 샘을 향해 천천히 걸어갈 거예요."

XXIV

사막에서 사고를 당한지 이제 8일째 되는 날이다. 나는 마지막 남은 물을 마시면서 상인의 이야기를 듣고 있었다.

"아, 네가 겪은 이야기들은 정말 재미있구나. 하지만 나는 아직 비행기를 고치지 못했어. 마실 물도 없고, 나도 **신선한 물**이 있는 샘을 향해 천천히 걸어갈 수 있으면 행복할 거야."

"내 친구 여우는…" 어린 왕자가 내게 말했다.

"꼬마 친구야. **지금은** 여우 이야기는 중요하지가 않아!"

"왜요?"

"왜냐하면 난 곧 목이 말라 죽을…"

그는 내 말을 듣지 않고 내게 대답했다.

"**친구가 있었다는 건 좋은 일이에요.** 비록 곧 죽게 되더라도요. 저만 해도 여우를 친구로 두었다는 것이 정말 기쁘거든요…"

"위험을 전혀 예상하지 못하고 있어." 나는 속으로 생각했다. "배가 고프거나 목이 말라본 적이 없는 것 같아. 햇볕이 좀 더 내리쬐면…"

하지만 어린 왕자는 나를 바라보더니 내가 속으로 생각하던 것에 대답을 했다.

"저도 목이 말라요. **우물을 찾아 봐요…**"

나는 피곤하다는 몸짓을 했다. 이렇게 넓은 사막에서 무작정 우물을 찾아 나서는 것은 어리석은 일이다. 하지만 어찌 되었든 우리는 걷기 시작했다.

여러 시간 동안 잠자코 터덜터덜 걷다 보니 어둠이 깔리면서 별이 나타나기 시작했다. 갈증으로 인해 열이 났던 나는 마치 꿈속에 있는 것처럼 별들을 바라보았다. 어린 왕자의 마지막 말이 내 머릿속에서 빙글빙글 돌고 있었다.

"**그러니까 너도 목이 마르지?**" 내가 물었다.

하지만 그는 내 질문에 대답하지 않고, 그저 이렇게 말했다.

"물은 마음에도 좋을지 몰라요…"

나는 이 대답을 이해할 수 없었지만, 아무 말도 하지 않았다. 그를 추궁하기란 불가능하다는 것을 잘 알았다.

그는 피곤해했다. 그가 앉았다. 나는 그 옆에 앉았다. 잠시 침묵이 흐른 뒤에, 그가 다시 말을 했다.

"별들이 아름다워요, 보이지 않는 꽃 한 송이 때문일 거예요."

내가 대답했다. "그래, 그렇구나." 그리고 아무 말도 더 하지 않은 채, 우리 앞에 달빛을 받으며 펼쳐진 모래 이랑을 쳐다보았다.

"사막은 아름다워요." 어린 왕자가 덧붙였다.

그리고 그건 사실이었다. 난 언제나 사막을 좋아했다. 사막의 모래 언덕에 앉으면 아무것도 보이지 않고 아무것도 들리지 않는다. 하지만 침묵 사이에서 무언가가 울리고 빛이 난다…

"사막이 아름다운 건 어딘가에 우물이 숨어 있기 때문이에요." 어린 왕자가 말했다.

난 사막의 신비로운 빛이 무엇인지 불현듯 깨닫고 크게 놀랐다. 난 어렸을 적에 낡은 집에 살았는데 전설에 따르면 거기에 보물이 묻혀 있다고 했다. 물론 아무도 그 보물을 어떻게 찾아야 할지 몰랐고, 아마 아무도 찾으려 해보지도 않았을 것이다. 하지만 그 보물이 집을 마법에 걸린 것처럼 빛나게 하고 있었다. 우리 집은 가장 깊숙한 곳에 비밀을 숨기고 있었다…

"그래. 집과 별과 사막을 아름답게 만드는 건, 보이지 않는 것이지!" 내가 어린 왕자에게 말했다.

"내 여우와 같은 생각이라니 반갑네요." 그가 말했다.

어린 왕자가 잠에 빠져서 나는 그를 팔에 안고 다시 한 번 걷기 시작했다. 나는 깊은 감동을 받아 마음이 흔들렸다. 아주 연약한 보물을 안고 있는 것 같았다. 이 지구에서 이보다 더 연약한 보물은 없는 것 같았다. 달빛 아래에서 나는 그의 창백한 이마와 꼭 감은 두 눈, 바람에 흔들리는 머리를 바라보면서 속으로 생각했다. "내가 여기서 보는 것은 껍데기일 뿐이야. 가장 중요한 것은 보이지 않아…"

그의 입술이 살짝 벌어지면서 웃을 듯 말 듯 한 느낌이 들자 나는 다시 속으로 생각했다. "여기 잠든 어린 왕자를 보고 내 마음이 움직인 것은 꽃에 대한 그의 충실함이다. 잠들었을 때조차 그의 존재 전체를 통해 마치 램프의 불꽃처럼 빛나고 있는 장미의 이미지…" 그리고 나는 그가 더욱 연약하게 느껴졌다. 나는 마치 그 자신이 한 줄기 바람에도 꺼질 수 있는 불꽃같아서 그를 보호해야겠다고 느꼈다…

그렇게 계속 걷다가 나는 새벽에 우물을 발견했다.

그는 줄을 잡고 도르래를 돌리면서 웃었다.

XXV

"사람들은 급행열차를 타고 제 갈 길로 떠나지만, 자신들이 무엇을 찾고 있는지는 몰라요.
그리고 허둥지둥 돌아다니다가, 흥분했다가, 뱅뱅 돌아요…"

어린 왕자가 이렇게 말하고 또 덧붙였다.

"그럴 필요는 없는데…"

우리가 다다른 우물은 사하라의 우물들과는 달랐다. 사하라의 우물들은 모래밭에 그저 구멍을 파놓은
것이다. 이 우물은 마치 마을에 있는 우물 같았다. 하지만 여기는 마을이 없었고 **나는 분명 내가
꿈을 꾸는 거라 생각했다.**

"이상하네. 전부 쓰기 좋게 준비되어 있어. 도르래, 두레박, 밧줄…" 내가 어린 왕자에게 말했다.

그는 웃으며 밧줄을 잡고 도르래를 잡아당겼다. 그러자 도르래가 마치 오랫동안 바람을
잊고 있었던 낡은 풍향계처럼 잉잉거렸다.

"들려요? 우리가 우물을 깨운 거예요. 노래를 하고 있잖아요…"

나는 그가 밧줄을 당기느라 지칠까 봐 걱정스러웠다.

"내가 할게. 네겐 너무 무거워." 내가 말했다.

나는 두레박을 천천히 끌어올려 우물 가장자리에 두었다. 피곤했지만 만족스러웠다. 도르래의 노래
는 여전히 내 귓가에 쟁쟁했고, 일렁이는 물에 햇살이 반짝이는 것이 보였다.

"그 물 마시고 싶어요. 물 좀 주세요…" 어린 왕자가 말했다.

그리고 나는 그가 찾고 있던 것이 무엇인지 알 수 있었다.

나는 두레박을 들어 그의 입가에 가져갔다. 그는 눈을 감은 채 물을 마셨다. 축제가 열린 듯 달콤한 기분이었다. 이 물은 정말로 평범한 음료와는 달랐다. 별빛 아래를 걸어와서, 도르래의 노래를 들으며, 내 두 팔로 힘들여 길어 올린 끝에 얻은 달콤한 물이었다. 마치 선물을 받았을 때처럼 **마음에 좋은 물이었다.** 내가 어린아이였을 때는 크리스마스트리에 켜진 불빛과 자정미사에서 흐르는 음악, 상냥하게 미소 지은 표정들이 내가 받은 선물들을 한층 환하게 빛나도록 만들어주곤 했다.

"아저씨가 사는 곳에는 사람들이 정원 한 곳에 장미를 5천 송이나 길러요. 그래도 사람들은 찾고 있는 것을 그 안에서 알아보지 못해요."

"못 알아보지." 내가 대답했다.

"하지만 사람들이 찾고 있는 것은 장미 한 송이에서도, 물 한 모금에서도 발견할 수 있어요."

"그래, 맞아." 내가 말했다.

어린 왕자는 이렇게 덧붙였다.

"하지만 눈에는 보이지 않아요. **마음으로 보아야 해요…**"

나는 물을 마시고 한숨을 돌렸다. 모래는 해가 뜰 무렵이면 꿀과 같은 빛깔을 띤다. 그 꿀 빛깔을 보니 행복해졌다. 그런데 왜 이렇게 슬픈 기분이 들까?

"**약속을 꼭 지켜주세요.**"어린 왕자가 다시 내 곁에 앉으면서 가만히 말했다.

"무슨 약속?"

"있잖아요, **양에게 씌울 입마개…** 저는 꽃을 책임져야 하니까요."

나는 대충 끼적거렸던 그림들을 주머니에서 꺼냈다. 어린 왕자는 그림들을 보더니 웃으며 말했다.

"바오밥나무가 무슨 양배추처럼 보여요."

"오!"

난 바오밥나무 그림에 대해서는 자부심을 가지고 있었다!

"여우는, 귀가 좀 뿔 같은데, 그리고 너무 길잖아요."

어린 왕자는 다시 웃음을 터뜨렸다.

"그건 너무 심하잖아, 꼬마 왕자님. 난 거죽만 보이는 보아 뱀이랑 뱃속이 보이는 보아 뱀 말고는 아무 것도 그릴 줄 모른다고." 내가 말했다.

"아, 그건 괜찮을 거예요. 어린이들은 알아보니까요." 그가 말했다.

그래서 나는 연필로 입마개를 하나 그렸다. 그리고 그걸 주면서 **나는 가슴이 미어졌다.**

"내가 모르는 계획이 있지?" 내가 말했다.

하지만 그는 대답하지 않고 대신 이렇게 말했다.

"있잖아요. 내일은 내가 지구에 온 지 1년째 되는 날이에요."

잠자코 있던 그가 다시 말을 이었다.

"여기서 아주 가까운 곳에 내려왔었어요."

그리고 그는 얼굴을 붉혔다.

나는 또다시 왠지 모르지만, 이상하게 슬픈 기분이 들었다. 그런데 문득 한 가지 궁금한 점이 떠올랐다.

"그러면 일주일 전 내가 널 처음 만났던 그날 아침, 사람이 사는 곳에서 천 마일이나 떨어진 곳을 너 혼자 그렇게 걷고 있었던 건 우연이 아니었구나? 네가 떨어졌던 곳으로 돌아가는 중이었니?"

어린 왕자는 다시 얼굴을 붉혔다.

내가 머뭇거리며 말했다.

"1년이 되는 날이기 때문이니?"

어린 왕자는 한 번 더 얼굴을 붉혔다. 그는 질문에 대답하지 않았지만, 얼굴을 붉힌다면 그렇다는 뜻이 아닐까?

"아, 난 좀 겁이 나네." 내가 그에게 말했다.

하지만 그가 끼어들었다.

"이제 일해야죠. 다시 엔진을 고치세요. **나는 여기서 기다릴게요.** 내일 저녁에 돌아와 주세요…"

하지만 난 마음이 놓이지 않았다. 난 여우를 떠올렸다. **누군가에게 길들여지면,** 눈물을 흘리게 될지도 모른다…

XXVI

우물 옆에는 오래된 돌담이 무너져 내린 채 남아 있었다. 내가 다음 날 저녁 일을 마치고 돌아 갔을 때, 멀리서 나의 어린 왕자가 발을 달랑거리며 돌담 위에 앉아있는 모습이 보였다. 그가 이 렇게 말하는 소리도 들렸다.

"그럼 넌 기억을 못하는 거야. 여기는 정확히 그 지점이 아니야."

그가 대답을 하는 걸로 미루어 분명 다른 목소리가 그에게 말을 했던 것 같다.

"그래, 그래! 오늘이 그날이야. 하지만 여기는 아니라고."

나는 돌담을 향해 걸어갔다. 내게는 아무도 보이지 않았고 아무 목소리도 들리지 않았다. 그러나 어린 왕자는 다시 대답했다.

"맞아. 모래밭에 찍힌 내 발자국을 볼 수 있을 거야. 발자국이 시작된 곳에서 나를 기다리기만 하 면 되는 거야. 오늘 밤에 내가 거기로 갈 테니까."

난 돌담에서 거우 20미터 정도 떨어진 곳에 있었지만, 여전히 아무것도 보이지 않았다.

잠시 침묵이 흐른 뒤에 어린 왕자가 다시 말했다.

"네 독은 좋은 거야? 너무 오랫동안 날 아프게 하는 건 아니겠지?"

나는 걸음을 멈추었다. 마음이 갈기갈기 찢어지는 것 같았지만, 여전히 이해할 수 가 없었다.

"이제 가. 여기서 내려갈 거야." 어린 왕자가 말했다.

나는 시선을 떨어뜨리고 돌담 밑을 내려다보았다가 허공으로 펄쩍 뛰어올랐다. 내 앞에는 단 30 초 만에 목숨을 앗아갈 수 있는 노란 뱀 한 마리가 어린 왕자를 마주 보고 있었던 것이다. 나는 권총을 꺼내려고 주머니를 뒤지면서도 뒤로 달아나고 있었다. 하지만 내 소리에 뱀은 분수에서 뿜어진 물줄기 가 사라지듯 사막 건너편으로 스르륵 흘러가버렸다. 서두르는 기색도 없이 희미한 쇳소리와 함께 돌멩 이들 사이로 사라져버렸다.

나는 때맞춰 돌담에 다다라서 나의 꼬마 친구를 두 팔로 받을 수 있었다. 그의 얼굴이 눈처럼 창백했다.

"무슨 일이야? 왜 뱀하고 이야기를 하고 있어?" 내가 고집스럽게 물어보았다. 나는 그가 항상 두르고 있는 황금빛 머플러를 느슨하게 풀어주었다. 관자놀이를 적셔주고 물도 좀 마시게 했다. 난 이제 차마 그에게 더 이상 물어볼 수도 없었다. 그는 나를 아주 진지하게 바라보다가 내 목에 팔을 둘렀다. 그의 심장이 총에 맞아 죽어가는 새처럼 콩닥거리고 있었다.

"엔진을 고쳐서 다행이에요. 이제 집에 돌아갈 수 있겠네요." 그가 말했다.

"그걸 어떻게 알았어?"

나는 걱정했던 것과 달리 작업을 성공적으로 마쳤다고 말해주러 오던 참이었다.

그는 내 질문에는 대답하지 않고, 이렇게 말했다.

"나도 오늘 집으로 돌아가요…"

그리고 슬피 말했다.

"훨씬 멀고… 훨씬 더 힘들어요…"

나는 무언가 범상치 않은 일이 벌어지고 있다는 것을 분명히 깨달았다. 나는 그를 어린 아기처럼 꼭 끌어안았다. 하지만 그는 내가 아무리 애써도 잡을 수 없는 심연을 향해 빠르게 곤두박질치는 것 같았다.

그는 망연자실한 사람처럼 심각한 표정이었다.

"난 아저씨가 그려준 양이 있어요. 양이 들어있는 상자도 있고요. 입마개도 있어요…"

그리고 그는 슬프게 웃어 보였다.

난 한참을 기다렸다. 그가 조금씩 살아나는 것을 알 수 있었다.

"꼬마 친구, 무서워하고 있구나…" 내가 그에게 말했다.

그는 무서웠던 것이 분명하지만, 희미하게 웃었다.

"오늘 저녁이 더 무서울 거예요…"

나는 또 한 번 무언가 돌이킬 수 없는 일이 벌어지는 느낌에 몸이 얼어붙어버리는 것 같았다. 그리고 나는 그의 웃음소리를 다시는 들을 수 없다는 생각조차도 감당할 수 없음을 알았다. 내게 그 웃음은 사막의 신선한 샘물과 같았다.

이제 가… 가라고 했잖아!

"꼬마 친구, 네 웃음소리를 다시 듣고 싶어."

하지만 그는 이렇게 말했다.

"오늘 밤이면 일 년이 되는 거예요. 그러면 일 년 전 내가 왔던 그곳 바로 위에서 내 별을 찾을 수 있을 거예요."

"꼬마 친구, 뱀이랑 얽힌 일이나 약속 장소, 그리고 그 별 이야기는 모두 그냥 나쁜 꿈인 거지. 그렇다고 말해주렴."

그는 내 부탁을 들어주지 않는 대신 이렇게 말했다.

"중요한 것은 보이지 않는 거예요…"

"그래, 알아…"

"꽃도 그래요. 별에 사는 꽃을 사랑하면 밤하늘을 바라보는 일이 즐거울 거예요. 모든 별들에 꽃이 활짝 피어 있으니까…"

"그래, 알아…"

"물도 그래요. 도르래와 밧줄 덕분에 아저씨가 내게 준 물은 음악 같았어요. 얼마나 맛있었는지 기억나죠?"

"그래, 알아…"

"밤이 되면 별을 올려다보겠지요. 내가 사는 곳은 너무 작아서 내 별을 어디서 찾을지 가리켜 줄 수가 없어요. 그게 더 좋아요. 아저씨에게 내 별은 많은 별들 중의 하나일 테니까요. 그러면 하늘에 있는 모든 별들을 바라보게 될 거고, 그 별들이 아저씨의 친구들이 될 테니까요. 그리고 선물을 하나 드릴게요…"

그가 다시 웃었다.

"아, 어린 왕자님, 우리 어린 왕자님! 난 그 웃음소리를 듣는 게 좋아!"

"그게 내 선물이에요. 바로 그거요. 우리가 물을 마셨을 때처럼…"

"무슨 말이니?"

"사람들 모두 별을 가지고 있지만, 모두에게 다 똑같지는 않아요. 여행자들에게 별은 길잡이가 되어줘요. 어떤 사람들에겐 하늘에 있는 작은 불빛에 지나지 않고요. 또 학자들에겐 별이 연구 대상이겠죠. 내가 만난 사업가에겐 별들이 재산이었어요. 하지만 이 별들은 모두 말이 없어요. 아저씨는, 아저씨 혼자만 아무도 가지지 않은 별들을 갖게 될 거예요."

"무슨 말이니?"

"저 별들 중 하나에 내가 살고 있을 거예요. 저 별들 중 하나에서 내가 웃고 있을 거예요. 그러니까 아저씨가 밤하늘을 바라볼 때는, **모든 별들이 웃고 있는 셈이에요…** 아저씨만, 아저씨 혼자만 웃을 수 있는 별을 가지는 거예요."

그리고 그가 다시 웃었다.

"그리고 슬픔이 걷히면 (어떤 슬픔이든 시간이 흐르면 괜찮아지니까) 아저씨는 나를 알게 된 걸 좋아하게 될 거예요. 아저씨는 언제나 내 친구예요. 나랑 함께 웃고 싶어서 가끔씩 창문을 열게 될 거예요. 그러면 친구들은 아저씨가 하늘을 올려다보며 웃는 걸 보고 당연히 깜짝 놀라겠죠! 그러면 이렇게 말해주세요. '그래, 별은 보면 항상 웃음이 나와!' 친구들은 **아저씨가 미쳤다고 생각할 거예요.** 내가 아저씨한테 못된 장난을 치게 된 거네요…"

그리고 그가 다시 웃었다.

"내가 아저씨에게 **별들** 대신 **웃을 줄 아는** 작은 종들을 아주 많이 준 셈이에요."

그리고 그가 다시 웃더니, 돌연 진지해졌다.

"오늘은…. 있잖아요… 오지 마세요."

"난 널 떠나지 않을 거야." 내가 말했다.

"내가 많이 아픈 것처럼 보일 거예요. 죽어가는 것처럼 보일 거예요. 원래 그런 거예요. 와서 그런 걸 볼 필요는 없잖아요…."

"난 널 떠나지 않을 거야."

하지만 그는 걱정스러워하고 있었다.

"그러니까 뱀 때문이기도 해요. 뱀이 아저씨를 물면 안 되니까요. 뱀은 짓궂은 동물이라서 그냥 재미로 아저씨를 물지도 몰라요…"

"난 널 떠나지 않을 거야."

하지만 한 가지 생각이 떠올라 그는 마음을 놓
았다.

"두 번째로 물 때는 독이 없다는 말
이 사실이니까."

그날 밤 나는 그가 길을 떠나는 것을 보
지 못 했다. 그는 소리도 없이 내게서 멀어져

갔다. 내가 따라잡았을 때, 그는 빠르고 단호한 걸음으로 걷고 있
었다. 그는 그저 이렇게 말했다.

"아! 왔어요…"

그리고 내 손을 잡았다. 하지만 여전히 걱정을 하고 있었다.

"오면 안 돼요. 괴로울 거예요. 난 죽은 것처럼 보일 거란 말이에요. 하지만 그렇지 않아요."

나는 아무 말도 하지 않았다.

"알잖아요… 거긴 너무 멀어요. 몸도 함께 가져갈 수가 없어요. 너무 무겁거든
요."

나는 아무 말도 하지 않았다.

"버려진지 오래된 껍데기 같을 거예요. 오래된 껍데기를 보고 슬퍼할 건 없어요…"

나는 아무 말도 하지 않았다.

그는 조금 낙심한 것 같았지만 한 번 더 애를 썼다.

"있잖아요, **정말 멋질 거예요.** 나도 별들을 바라볼 거예요. 모든 별들이 녹슨 도르래가 있는 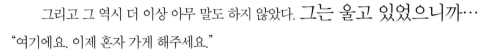 우물이 될 테니까요. 모든 별들이 내게 마실 물을 부어줄 거니까요…"

나는 아무 말도 하지 않았다.

"정말 근사하겠죠! 아저씨는 작은 종들을 5억 개나 가지고, 나는 신선한 물이 있는 우물을 5억 개나 가지는 거니까요…"

그리고 그 역시 더 이상 아무 말도 하지 않았다. **그는 울고 있었으니까…**

"여기에요. 이제 혼자 가게 해주세요."

그리고 그는 무서워서 주저앉아 버렸다. 그러더니 다시 이렇게 말했다.

"있잖아요. 내 꽃이요. 난 그 꽃을 책임져야 해요. 너무 연약하고, **순진한** 꽃이거든요! 아무 쓸모도 없는 가시 네 개를 가지고 세상에서 자신을 지켜야 하는데…"

나도 더 이상 서 있을 수가 없어서 주저앉아 버렸다.

"자 이제… **그게 다예요.**"

그는 조금 망설이다가 일어섰다. 그가 한 걸음을 뗐다. 나는 움직일 수가 없었다. 그의 발목 가까이에 노란 빛이 번득인 것 말고는 아무 일도 없었다. 그는 잠시 동안 움직이지 않았다. 비명을 지르지도 않았다. 그는 나무가 쓰러지듯이 서서히 쓰러졌다. 모래 때문에 소리조차 나지 않았다.

XXVII

벌써 6년이 흘러갔다. 나는 이 이야기를 아무에게도 하지 않았다. 내가 살아 돌아온 것을 본 동료들은 무척 기뻐했다. 나는 슬펐지만 이렇게 말했다. **"피곤해."**

이제 내 슬픔은 조금 가라앉았다. 그러니까 완전히 사라진 것은 아니다. 하지만 어린 왕자는 그의 행성으로 돌아갔다는 것을 나는 안다. 해가 떴을 때 그의 몸을 찾을 수 없었기 때문이다. 그렇게 무겁지는 않은 몸이었다… 그리고 밤이 되면 **나는 별들의 소리를 즐겨 듣는다.** 마치 5억 개의 작은 종들이 울리는 것 같다…

하지만 한 가지 터무니없는 일이 있다… 내가 어린 왕자에게 입마개를 그려주었을 때 그만 **가죽 끈을 붙이는 것을 잊어버린 것이다.** 끈이 없으니 양에게 입마개를 씌워줄 수가 없을 텐데. 그래서 나는 계속 궁금해한다. 그의 행성에는 어떤 일이 일어나고 있을까? 양이 꽃을 먹어버렸을지도 모르지…

때로는 속으로 이렇게 생각한다. "당연히 아니겠지! 어린 왕자가 밤마다 꽃에게 유리구를 씌워주잖아. 그리고 양도 주의 깊게 살필 테니까." 그러면 난 행복해지고, 모든 별들의 웃음소리에 달콤함이 묻어난다.

또 어떤 때는 이렇게 생각하기도 한다. "때때로 정신이 다른 데 팔리기도 하잖아. 그러면 끝장인데! **어느 날 저녁 어린 왕자가 유리구를 씌워주는 걸 깜빡 잊거나,** 밤에 양이 소리도 없이 빠져나온다면…" 그러면 작은 종들은 눈물로 변하고 만다… 그리고 이건 **정말 수수께끼 같은 일**이다. 어린 왕자를 사랑하는 여러분과 내게는 우리가 한 번도 본 적이 없는 양이 우리가 알지 못하는 어딘가에서 장미 한 송이를 먹었는지 아닌지에 따라 우주 전체가 완전히 달라지다니…

하늘을 올려다보자. 스스로 물어보는 거다. 그런 걸까? 아닐까?

양이 꽃을 먹어버렸을까? 그러면 모든 것이 어떻게 바뀌는지 보게 될 것이다.

어른들은 아무도 이 일이 정말 중요한 문제라는 것을

깨닫지 못하겠지!

이 그림은 나에게 세상에서 가장 사랑스러우면서도 가장 슬픈 풍경이다.

앞쪽에 있는 그림과 같은 그림이지만,

여러분의 기억에 잘 새겨두려고 다시 그린 것이다.

바로 여기서 어린 왕자가 지구에 나타났고 또 사라졌다.

주의 깊게 살펴보면 언젠가 아프리카의 사막을 여행할 때 이곳을 알아볼 수 있을 것이다.

이 자리에 가게 되면 부디 서두르지 말기를.

바로 그 별 아래에서 잠시 기다리기를.

그리고 금발의 꼬마가 웃으며 나타나, 어떤 질문에도 대답해주지 않는다면,

여러분은 그가 누구인지 알아차릴 거다.

만일 그런 일이 일어난다면, 부디 나를 위로해주기를.

나에게 그가 돌아왔다고 전해주기를.